기억해줘

기억해줘

임경선
장편소설

위즈덤하우스

어쩌면 사람들은
가장 사랑하는 사람에게 상처 주는 운명을
떠안고 살아가는지도 몰라.

차례

1부

그해 겨울,
이별 전조

이별을 받아들이기 힘들었던 것은 황홀하게 나를 바라보던 너의 눈빛을 기억하기 때문이다.

일요일 늦은 오후, 거실의 낡은 갈색 가죽소파에서 책을 읽다 잠이 들어버린 해인의 배 위에는 읽다 만 책이 호흡을 따라 위아래로 미세하게 움직이고 있었다. 비가 갠 창밖에는 연한 자줏빛 노을이 지면서 거실 창문 앞 티크 테이블에 그림자를 길게 드리웠다. 가을의 끝에서 겨울의 시작으로 옮겨가는 이 계절에는 해 지는 시간이 부쩍 일러졌다.

해인을 깨운 것은 열린 창문 사이로 불어온 서늘한 바람도, 아침부터 두통을 동반한 환절기 감기 기운도 아니었다. 유진이 그의 품 안으로 파고들었다. 중국 자수가 촘촘히 새겨진 상아색 블라우스와 그림 그릴 때 즐겨 입는, 유화물감 자국이 군데군데 밴 바랜 청바지 차림이었다. 귀밑까지 바짝 자른 곱슬머리가 깔끔하게 면도된 해인의 턱을 간지럽혔다.

주말 오후 소파에서 책을 읽다가 잠든 해인의 몸 위에 고양이처럼 올라타 그를 깨우는 것은 유진에겐 흔한 일이었다. 그만 자고 일어나서 같이 놀자, 라는 투정이기도 했고, 너는 그냥 잠자코 있어봐, 라는 명령이기도 했다. 그래놓고는 하늘 색이 자신을 흥분시킨다고 핑계를 댔다.

거리낌 없이 해인의 바지와 속옷을 무릎 아래까지 내리고 나면 유진도 스스로 알몸이 되어 몸과 몸을 단숨에 촉촉하게 이었다. 엉덩이로 원을 그릴 때마다 석양에 비친 육체의 그림자도 함께 시계 방향으로 둥글게 움직였다. 해인이 상체를 일으켜 세워 그녀의 무릎을 살짝 깨물며 키스하면 비로소 완전히 잠에서 깨어났다는 신호였다. 그렇게 두 사람은 시간을 넉넉히 들여 완전한 어둠이 깔릴 때까지 천천히 사랑을 나누었다.

하지만 그날은 달랐다. 두려움에 떠는 아이처럼 두 팔로 해인의 목을 끌어안은 채 미동 하나 없었다. 티 내지 않으려 애써도 어깨가 절로 떨렸다. 백합처럼 가늘고 흰 목덜미엔 베니스 여행 때 한 골동품 가게에서 해인이 선물한 빈티지 카메오 목걸이의 금색 줄이 찰랑였다.

해인이 그녀의 짧고 부드러운 머리카락 사이로 손가락을 집어넣으며 물었다.

"왜 그래, 무슨 일 있어?"

해인은 유진의 정수리 냄새를 깊이 들이마시며 등을 토닥였다. 낮은 흐느낌은 하고 싶은 이야기를 차마 하지 못할 때 내는 신음처럼 들렸다. 유진은 조용히 고개만 흔들었다.

라디오 일기예보에서 예고한 대로 해가 지면서 다시 비가 부슬부슬 내리기 시작했다. 얼마 전부터 마른기침을 하던 유진의 감기가 심해질까 봐 거실 창문을 얼른 닫으려고 했지만 유진은 해인의 몸을 놔주지 않았다. 바람이 더 거세게 창틈으로 불어 들어오면서 천장에 매단 풍경 소리만 구슬프게 울려 퍼졌다.

해인은 유진과 이마를 맞대고 두 눈의 표정을 읽어보려 했지만 말 안 듣는 아이처럼 그녀는 고개를 저쪽으로 돌려버렸다. 눈 아래의 애교살은 벌겋게 부풀어 올랐다. 유진은 다른 남자에게 지독한 열정을 품었음을 온몸으로 표현하고 있었다.

그녀가 다른 남자를 사랑할 수 있다는 것은 정말 뜻밖이었다. 가장 뜻밖이던 건 그녀 자신이었을 것이다. 몇 가지 징후가 있었다. 흔들의자에 앉아 책을 읽으면서 해인에게 책 내용에 관해 조곤조곤 얘기하던 그녀는 이내 깊은 침묵에 잠긴 채 창밖만 물끄러미 바라보았다.

새벽에 자주 깨서 화장실에 들어가 오래 있다 나왔다. 식은 땀을 흘리며 악몽에 시달렸다. 할 필요도 없는 청소를 열심히 했다. 손에는 유화 붓 대신 수세미나 쓰다 버린 칫솔, 빗자루나 걸레 같은 것이 들려 있었다. 무릎을 꿇고 이곳저곳을 몇 시간씩 공들여 닦고는 바보처럼 뻗어버렸다. 해인도 하던 일을 멈추고 말없이 청소를 함께 했다.

며칠 뒤 유진은 해인의 집을 나갔다. 과거에도 몇 번 이런 적이 있었다. 어디서 무얼 하며 사는지, 어디서 잠을 자는지, 상대 남자가 누구인지 해인으로서는 알 수 있는 길도, 알아야 할 이유도 없었다. 어떻게 그럴 수 있느냐고 누군가는 묻겠지만 해인은 연인 사이라도 사랑하는 이를 구속할 권리는 없다고 생각했고 유진도 자신의 솟구치는 마음을 억누르지 못했다.

결혼한 사이였다 해도 마찬가지였을 것이다. 해인은 질문을 하는 대신 자신이 있어야 할 장소를 지키며 일상을 묵묵히 살아갔다. 시간이 흐르면 유진은 언제 그랬냐는 듯이 다시 해인의 품으로 돌아와 그림을 그렸다. 하지만 이번에는 예전과 어딘가 느낌이 달랐다. 어쩌면 그녀는 정말로 영영 날아가버린 걸지도 모른다.

유진의 서른두 번째 생일 전날이던 어제, 해인은 그녀와 자주 가던 단골 레스토랑의 예약을 취소했다. 항상 두 사람을 살갑게 맞아주던 섬세한 미각의 오너 셰프는 자세한 것은 묻지 않고 가까운 시일 내에 꼭 다시 찾아달라며 상냥한 목소리로 당부했다. 해인이 알겠다며 수화기를 먼저 내려놓았다.

창밖에는 그해 겨울의 첫눈이 조용히 내리기 시작했다.

서른다섯
소년

서른이 넘은 나이에도 해인은 비행기 창가 자리에 앉아 어린 소년처럼 유리창에 이마를 바짝 붙이고 하늘을 바라보는 것을 좋아했다. 창밖 풍경은 그의 마음을 가지고 곧잘 장난을 쳤다.

비행기가 활주로를 벗어나 이륙하면서 몸이 붕 뜰 때면 마음이 잘게 분해되는 것처럼 아렸다. 자신이 떠나 온 장소들이 어느덧 장난감 마을처럼 작게 보이면 그곳에서 일어났던 일들, 고민하던 일들이 너무 바보 같고 하찮게 느껴져 마음이 허전하고 시큰거렸다. 하얀 뭉게구름 사이를 둥실둥실 뚫고 지날 때면 어린 아기의 낮잠 같은 평화 속에 마음은 다시 보들보들해졌다.

창밖을 하염없이 바라볼 수도 있었지만 눈부신 오렌지 빛이 나타나면 천공의 밤이 시작되었다는 신호였다. 해인은 뭉클한 감상이 더 밀려오기 전에 비행기 창문 가리개를 내리고 갈색 안경테 뒤의 두 눈을 지그시 감았다.

천장 비상등이 일제히 꺼진 비행기 안은 이제 아늑한 어둠과 고요에 휩싸였다. 건조한 공기로 콜록거리는 기침 소리와 얇은 모직 담요로 몸을 빈틈없이 덮으려고 뒤척이는 소리만 들렸다. 대부분의 승객들은 하나둘씩 잠을 청했다. 맨 앞줄 중간 자리에서 칭얼대던 갓난아기도 아직 한참 남은 비행시간을 눈치채고 체념했는지 이내 잠이 들었다.

해인은 어두컴컴해진 비행기 안에서 개인 조명 버튼을 누르고 좌석 주머니에서 잡지를 꺼내 펼쳤다. 그는 탈것들에 비치된, 자기주장이 겸손한 간행물들이 마음에 들었다. 놔두고 가는 것이 자연스럽고, 오로지 한정된 시간과 공간 속에서 읽히기 위해 존재하는 잡지들. 페루의 산간 지역에서 알래스카의 어촌 마을, 시카고의 스카이라인을 거쳐 불쑥 항공기 운항 정보와 기내 상영영화 줄거리, 비상시 대피 요령 안내 페이지를 마주하면, 자신은 고작 꽉 막힌 비행기 안에 갇혀 정해진 시간을 견뎌내야만 어딘가에 도달할 수 있는 사람들 중 한 명에 불과함을 실감했다.

잠시 안경을 벗어 뻑뻑해진 눈을 비비고 있는데 면세품 책자의 상품 설명을 읽던 옆 좌석의 젊은 여자가 해인의 맨 얼굴을 조심스레 곁눈질하며 말을 걸었다.

"저…… 뉴욕에는 일로 가시는 거예요?"

연분홍색 라운드 스웨터에 청바지를 입은 그녀는 아무리 봐도 모르는 남자에게 말을 거는 일이 익숙한 여자 같지는 않았다. 다만 안경 쓴 남자가 안경을 벗었을 때 무방비해지는 틈을 타 말을 걸 용기가 생겼는지도 모른다. 해인도 사교성 대화가 특기는 아니었지만 여자를 무안하게 만드는 것도 결코 취미는 아니었다.

"가족 일 때문에 갑니다. 예전에 뉴욕에 살았거든요."

해인은 커피색 카디건의 호주머니에서 손수건을 꺼내 안경알을 세심히 닦으면서 대답했다. 그녀는 가족, 이라는 단어를 처자식으로 해석해야 하나, 조금 긴장된 표정을 지어 보였다.

"출장이신가 봐요?"

이번에는 해인이 깨끗해진 안경을 걸치며 물었다.

"아뇨, 저는 오래 다닌 직장을 그만두고 쉬러 가는 거예요. 뉴욕은 처음이구요."

해인이 자상하게 건넨 질문에 얼굴에 화색이 돌던 그녀는 직장을 그만두기까지 복잡한 일들이 많았는지 일순간 표정이 어두워졌다.

사표를 던지고 인생에서 정말 원하는 것이 무엇인지 알기 위해 짐을 싸서 뉴욕행 비행기에 올랐건만 모든 것이 정리되고 나서의 속 시원함이나 후련함 이상으로 공허함과 불안감이 엄습해왔을 것이다. 낯을 가릴 것 같은 그녀가 낯선 남자에게 용기 내어 먼저 말을 걸 만큼.

"뉴욕의 겨울은 아주 추워요. 단단히 입고 다니셔야 해요."

해인은 그녀의 좌석 주머니에 끼워진 뉴욕 가이드북을 힐끗 보면서 말했다. 하지만 그가 그녀에게 정말 해주고 싶었던 말은, 뉴욕에서의 첫 며칠은 지독하게 외로울지도 모르지만 이내 괜찮아질 거라는 것이었다.

해인이 스페인 바르셀로나에 관한 기사를 마지막으로 기내 잡지를 덮을 무렵 주위의 승객들 대부분은 깊은 잠에 빠져 있었다. 옆자리의 그녀는 좀처럼 똑바로 잠들지 못해 몸을 이리 저리 비틀며 괴로워했다. 복도 쪽으로 몸을 돌려 무릎을 의자 위로 올리고 잠을 청하다가 청바지 차림이라 그것도 불편한지 어느새 해인 쪽으로 몸을 틀었다.

피곤하게 느껴지는 숨소리가 해인의 어깨에 와 닿더니 이내 그녀는 그의 어깨에 머리를 기대고 푹 잠이 들었다. 해인은 그대로 두고 깨우지 않기로 했다. 아주 오래전 이렇게 안심하고 자신의 어깨에 기대 자던 뉴욕의 한 여자아이에게 했던 것처럼.

빨간 스웨터를 입은
전학생

열일곱 살 해인은 머리를 비스듬히 기대고 비행기 창밖 구름을 물끄러미 내다보고 있었다. 채친 당근과 옥수수를 얹은 양상추 샐러드를 몇 번 헤집던 어머니는 플라스틱 포크를 내려놓으며 해인이 또래 아이들에 비해 얼마나 운이 좋은지를 잊으면 안 된다고 벌써 세 번째 반복했다.

"걱정이다, 네가 원체 말수가 없으니 영어로 하는 수업을 잘 따라갈 수 있을지."

어머니는 꼬깃꼬깃 구겨진 냅킨으로 입술을 꼼꼼히 닦고 파우치에서 립스틱을 찾으면서 짧게 한숨을 내쉬었다.

"너무 걱정하지 마세요, 어머니."

걱정의 대상이 되는 것이 부담스럽고 싫었지만 근거가 없는 말은 아니었다.

해인은 어렸을 때부터 말수가 적어 어른들을 불안하게 했다. 선생님과 부모님은 "대체 무슨 생각 하는지 모르겠다"라며 답답해했고, 신중하게 생각하느라 반 박자 늦게 대답하면 잘 모르는 사람들은 어린아이가 머리를 교활하게 굴린다고 오인했다. 한때는 하도 말수가 없어서 소아정신과 상담을 받기도 했다.

대신 해인은 그림 그리는 것이 좋았다. 그림은 마음을 정직하게 표현하게 해주었고, 빨리 표현하라고 다그치지도 않았다.

승무원이 두 사람의 빈 접시를 치우자 해인은 기내의 좁은 화장실로 들어갔다. 소변을 본 뒤 물을 내리다가 처음 들어보는 흡입력 넘치는 소리에 깜짝 놀랐다. 이내 찔끔찔끔 나오는 찬물에 세수를 하고 꼼꼼하게 양치질을 했다. 그리고 잠을 자기 위해 콘택트렌즈를 조심스럽게 빼서 케이스에 넣었다.

마지막으로 해인은 희뿌연 거울에 얼굴을 바짝 갖다 대고 비춰 봤다. 단정하고 윤기 나는 반곱슬머리와 갸름한 턱선, 가지런한 흰 치아와 정돈된 이목구비는 전체적으로 귀티 흐르는 분위기를 자아냈고, 쌍꺼풀 없는 눈에 눈꼬리가 조금 처진 선한 눈매는 대개의 경우 호수처럼 잔잔하고 고요했다.

생긴 것에 비해 참 무표정하다는 지적을 많이 받아서 거울을 볼 때마다 억지로 한 번씩 환하게 웃는 연습을 했다. 스스로가 봐도 웃는 표정이 부자연스럽긴 했다. 낯선 환경에서 갑자

기 말을 유창하게 하는 달변가나 사교적인 호인으로 변신하는
일은 아무래도 기대하긴 힘들 것 같았지만, 그래도 노력은 해
봐야겠다고 거울을 바라보며 무표정하게 다짐했다.

석 달 전 아버지가 뉴욕 주에 있는 한 대학의 동아시아연구
소 교환교수로 가게 되었다. 아버지를 따라 미국 전학이 결정
된 시점부터 해인에게는 곽 선생이 영어 교사로 붙었다. 그는
어머니가 교수로 있는 대학의 박사과정 학생이었다. 한국에서
대학을 졸업한 뒤 미국의 한 대학에서 석사과정을 마치고 박
사과정을 밟다가 뭔지 모를 문제가 생겨 중간에 그만두고 귀
국해서, 지금은 어머니를 지도교수로 모시고 박사과정을 밟고
있는 사내였다.

해인에게 단기간에 집중적으로 영어를 가르치기 위해 원래
하던 몇몇 아르바이트까지 그만두며 어머니에게 충성을 보이
는 것만 해도 해인은 그가 부담스러웠는데, 가르치는 중간중
간 사타구니를 만지는 습관도 참 곤란했다. 수업하는 사이사
이 해인이 얼마나 운이 좋은 애인지를 느닷없이 상기시키는 것
도 결코 달갑지 않았다.

"반미니 제국주의 타도니 해도 우리나라 대학생 치고 한 번
쯤 미국 유학을 꿈꿔보지 않은 사람은 없을걸? 고학년이 되면
토플 공부 같은 거 열심히 하다가 집안 좀 되는 애들은 졸업하

고 슬그머니 미국으로 튀어버리잖아. 고등학생일 때 가는 건 천운이지."

다시 말해, 당시 곽 선생이 해인에게 하고 싶었던 진짜 이야기는 그가 부모를 무지하게 잘 만난 얄미운 개새끼라는 것이었다. 그 말은 여기저기서 하도 여러 버전으로 들어서 그다지 놀랍지 않았다.

그가 다녔던 고등학교의 학생들 대부분은 중산층이었음에도 내적 굴절 하나 없이 올곧게 자란 아이들이나 꼬일 대로 꼬인 아이들이나 매한가지로 그의 미국행을 고까운 시선으로 바라보았다. 해인으로서는 아무리 좋게 받아들여도 썩 유쾌한 일은 아니었지만 상대와 입장을 바꿔서 차분히 생각해보면 충분히 이해할 수 있는 태도였다.

"너희 어머니는, 아니 손혜진 교수님은 우리 과에서 전설적인 선배님이셨지. 여학생들이 별로 없기도 했지만 그것과는 상관없이 손 교수님은 과 내의 남자 선후배들한테 인기가 많았어. 실력도 무시 못했지. 국내파인데도 나이 많고 쟁쟁한 유학파 남자 선배들을 제치고 가장 먼저 모교의 조교수가 되시고. 유학파 편애하는 우리나라 환경에선 정말 쉬운 일이 아니거든? 그런데 상황이 그렇게 되니까 제일 먼저 돌아선 게 손 교수님을 예뻐하던 그 많은 남자 선후배들이었어. 이런 얘기를 너한테 해도 되는 건지 모르겠지만, 여자라는 이유로 남자 교수님들과의 이상한 소문도 돌았어. 이 교수랑 어딜 들어가는 걸 봤다느니 박 교수랑 어디에서 나오는 걸 봤다느니⋯⋯. 나도 한국 남자긴 하지만 그 정도로 저열하게 굴진 않아. 어쨌든 중요한 건 손 교수님이 그런 악성 소문에 전혀 흔들리지 않고 그 자리를 당당히 따내셨다는 거야. 그 대단한 어머니의 우수한 유전자를 이어받은 걸 절대 당연하다고 여기지 마. 넌 정말 운이 엄청나게 좋은 거야. 아우, 내가 지금 네 팔자였더라면⋯⋯."

군대도 다녀오고 미국에서 헛발질하느라 어머니와 나이 차이가 별로 안 나는 곽 선생이 어머니에게 단순한 지도교수 이상의 호감과 동경을 가지고 있음을, 그래서 자신에게 영어 가르치는 일을 두말없이 받아들였음을 해인은 어렴풋이 눈치챘다. 인생의 패배자들은 대체로 쓸데없는 말을 많이 한다던 아버지의 일침이 불현듯 뇌리를 스쳐 지나갔다.

"지금 점심시간이라 택시 타고 들어가면 두 시간은 족히 걸릴 거야."

JFK공항에서 택시를 타고 빠져나와 달리기 시작하니 엽서나 화보에서 보던 맨해튼의 고층 빌딩숲이 눈앞에 파노라마처럼 펼쳐졌다. 비현실적인 광경에 눈이 휘둥그레지는 것도 잠시 어느새 고속도로를 타고 북쪽으로 빠지자 같은 뉴욕 주이긴 해도 뉴욕 시와는 전혀 다른 전형적인 교외의 마을 풍경이

나타났다.

엇비슷하게 생긴 주택이 서로 적정 거리를 두고 서 있었고 마을 중심가엔 키 낮은 상점가가 밀집되어 있었다. 우체국, 교회, 꽃집, 소방서, 동물병원, 피자가게, 중국집 등 종류별로 하나씩 배치되어 있는 게 마치 레고 마을을 연상하게 했다. 우리가 살게 될 동네는 인구 육천 명에 백인의 비율이 팔십 퍼센트가 넘는 곳이라고 어머니가 설명했다.

"아시아 사람은요?"

"오 퍼센트도 안 될 거야. 그것도 대부분 중국 사람들일 거고. 백인 비율이 높다는 건 그만큼 동네가 안전하고 공립학교라도 학교 수준이 높다는 의미야. 다른 지역의 공립학교에 가면 흑인과 히스패닉이 대부분이라 교육 환경이 열악하지."

어머니는 해인이 정말 운이 좋은 거라고 다시 한 번 강조했다.

*

우수한 유전자나 엄청난 운과는 별개로 여느 평범한 전학생처럼 전학 첫날의 점심시간이 곤혹스럽긴 마찬가지였다. 고등학교 점심시간이란 자고로 사회 권력을 전시하는 폭력적인 시간이다. 누구와 같이 먹느냐에 따라 자신의 사회적 위치가 증

명되는 자리, 아이들은 친구가 많아 보이고 싶어 했고 인기 있는 아이들과 친구임을 과시하려고 했다. 만약 친구가 없다면 그 사실이 누구에게도 알려지지 않게 해야 했다.

삼 교시가 끝나고 벨이 울리자 일단 해인은 아이들이 몰려가는 대로 학생식당으로 가서 식판을 들고 줄을 따라 이동했다. 오픈 키친 너머로 백인과 흑인 아주머니들이 하얀 천모자로 머리를 가리고 흰색 앞치마를 두르고 있었다.

'루시'라고 적힌 명찰을 달고 두꺼운 돋보기를 쓴 흑인 아주머니가 해인을 보자 환하게 웃었다. 이가 너무 하얘서 분칠을 한 것 같았다.

"오, 처음 보는 학생! 고것 참, 빨간 스웨터가 예쁘게 잘 어울리네."

"고맙습니다."

해인은 청바지에 흰색 옥스퍼드면 셔츠와 빨간색 라운드 스웨터 차림이었다.

해인이 부탁한 대로 루시 아주머니는 바게트 중간을 갈라 토마토소스가 듬뿍 묻은 커다란 미트볼 세 알을 집어넣고 찡긋 윙크하며 건넸다.

"나라면 자식한테 이런 음식 절대 안 먹이지."

새로 온 전학생을 골려주려는 농담인 것 같았다.

미트볼샌드위치와 코카콜라 캔, 삼 달러 오십 센트. 음식을 받아들고 뒤돌아서서 학생식당 안을 둘러보니 학생들은 이미 저마다 자신이 속한 테이블에 친구들과 앉아 떠들썩하게 점심을 먹고 있었다. 하필이면 어머니가 골라준 눈에 띄는 빨간 스웨터를 입고 온 것을 해인은 조금 후회했다.

맨 왼편 구석 테이블에는 안경 긴 중국계 남자아이 둘이 햄버거를 들고 먹으면서 두터운 교재를 넘겨 보고 있었다. 해인은 그중 한 명과 눈이 마주쳤지만 상대는 그의 시선을 무시하고 고개를 떨구며 하던 일에 마저 열중했다.

반대편 출구 옆 테이블에는 이지적으로 생긴 갈색머리 여학생이 홀로 앉아 주변의 번잡스러운 소요를 차단하면서 페이퍼백 소설책을 한 손에 들고 점심을 먹고 있었다. 마치 어른스러운 여대생 같았다. 그녀의 대각선 자리에 앉으면 어떨까. 호젓한 시간을 방해할 의도는 없었다. 천천히 식판을 들고 다가서려던 순간, 엇비슷하게 어른스러운 느낌의 남학생이 그 여학생의 뺨에 입을 맞추며 옆자리를 차지했다. 흡사 미국 청춘영화의 한 장면 같았다.

해인은 고개를 숙이고 피식 웃으며 배식 카운터에서 갈색 종이봉지를 받아 음식을 집어넣고 웅성거리는 그곳을 빠져나왔다.

그 주 금요일에는 비가 제법 세차게 내렸다. 이 비가 그치면 한결 서늘한 뉴욕의 가을을 볼 수 있을 거라고 뉴스에서는 전했다.

해인은 오전 수업이 끝나고 학생식당 구석의 작은 테이블을 차지하고 앉아 햄치즈샌드위치를 점심으로 먹었다. 수줍고 민망해도 앞을 보고 씩씩하게 먹기로 했다. 비슷한 처지인 누가 있다면 눈짓으로 이쪽으로 와서 같이 먹자고 할 요량이었다.

몇몇 여학생들이 힐끔힐끔 쳐다보며 앞을 지나갈 뿐, 다들 저마다의 친구들이 있는 테이블로 향했다. 내가 혼자임을, 나에게는 점심을 함께 먹을 친구가 없음을 아이들에게 보여주는 일은 상상하는 것보다 용기가 필요했지만 당분간은 어쩔 수가 없었다.

"여기 빈자리 앉아도 되니?"

심장이 쿵 내려앉았다. 어떤 아이일까.

식판을 잡은 양 손등에 갈색 털이 수북해서 깜짝 놀라 고개를 들어보니 미술 수업을 하는 윌슨 선생님이었다. 앞머리가 살짝 벗어지기 시작한 넓은 이마에 삐쭉삐쭉 구레나룻을 기른 그는 대답을 듣기도 전에 의자를 끌어당겨 맞은편에 자리를 잡았다.

"이름이 해인 맞지? 화요일 세 시 수업. 학교엔 어떻게, 적응할 만하니?"

집에서 만들어 온 듯한 로스트비프샌드위치를 한입 베어

물며 그가 물었다.

"네, 조금씩요."

해인은 어색하게 웃어보려 애썼다.

"이 동네는 여기서 태어나 자란 애들이 대부분이고 웬만해선 이사를 잘 가지도, 오지도 않아. 초등학생 때부터 같이 학교 다니고 나중엔 동창들끼리 결혼해서 모교에 자식을 또 보내지. 막말로 저기 보이는 아이들의 절반 정도는 이곳에서 태어나서 이곳에서 죽을 거야."

저주의 의미인지, 축복의 의미인지 헷갈렸지만 어쨌거나 윌슨 선생님은 참 거침없는 사람이었다.

"나도 어릴 적에 이혼을 취미로 생각하는 어머니 덕분에 이리저리 전학을 다녀봐서 지금 네가 겪고 있는 상황이 얼마나 거지 같은지 잘 알아. 특히 점심시간에는 그깟 밥 한 끼가 뭐라고 처음엔 같이 먹을 친구가 없어서 참 난감했지. 그렇긴 한데…… 실은 점심시간에 교정에서 너무 멀리 벗어나지 않도록 권장하고 있어. 해인은 점심시간에 자주 밖으로 나가는 것 같던데. 처음엔 누군가 했지, 그 가로수길의 소나무 벤치가 미술실 창문에서 바로 보이거든."

윌슨 선생님은 웃으면서 말하고 있었지만 사실은 처음부터 경고를 하려고 이 테이블에 앉았던 것이다.

"죄송합니다. 그런 규칙이 있는지 몰랐어요."

반쯤 먹은 샌드위치가 배 속에서 엉키는 것 같았다.

"나무라는 건 아니야. 점심시간에 갈 데가 마땅치 않으면 우리 미술실에 와 있으라고. 그림을 그리러 오는 아이들도 있고 그냥 쉬거나 숙제하러 오는 아이들도 있어. 밥 먹으러 오기도 하지. 나도 평소엔 거기서 점심 먹으면서 시간을 보내고 애들도 각자 알아서 널브러져 있어. 저마다 이상하고 독특한 구석이 있는 애들이지만 다들 기본적으로 착하고 주변에 민폐를 끼치거나 하진 않아."

윌슨 선생님은 샌드위치의 마지막 한 조각을 입에 털어 넣더니 해인의 어깨를 두드리며 먼저 자리에서 일어났다.

다음 날 해인은 냄새가 가장 덜 날 것 같은 토마토와 브리치즈가 들어간 샌드위치를 사 들고 덜커덩 녹슨 미술실 문을 열었다. 그림물감 냄새와 투박한 목재 가구 냄새가 뒤섞여 훅 하고 코를 찔렀다.

윌슨 선생님 말대로 이곳에서 아이들은 따로 앉아, 먹는 것이든 그림을 그리는 것이든 서로 참견하지 않고 자기 일에 각자 집중하고 있었다. 모두가 외형적으로는 뿔뿔이 흩어져 서로 간의 거리를 유지하며 혼자 앉아 있었지만 오히려 그 암묵적인 합의 덕에 보기에 따라서는 더할 나위 없이 서로에게 협조적인 균질 집단처럼 보였다.

이곳의 주인장 격인 월슨 선생님은 책상에 다리를 올리고 팔짱을 긴 채 낮잠을 자다가 해인이 들어온 것을 흘끔 보더니 다시 눈을 감고 잠을 청했다. 환대도, 거부반응도, 수군거림도, 훔쳐보기도 없었다.

해인은 그 안의 어떤 규칙을 금세 파악하고 작업 테이블 한 곳에 자리 잡고 앉아 태연하게 갈색 종이봉지에서 샌드위치를 꺼내 먹었다. 전학 와서 처음으로 긴장감 없이 천천히 꼭꼭 씹어 밥을 먹었다.

그러는 사이, 치아교정기를 한 여자아이가 해인에게 다가와 자신을 샐리라고 소개했다. 그 아이는 점심으로 에그샐러드샌드위치를 먹은 것이 틀림없었다.

"넌 이름이 뭐니?"

은테 안경을 쓴 빨강머리 수전이 수학 숙제를 하다가 슬그머니 이쪽으로 넘어왔고 살이 토실토실하게 찐 파란 눈의 크리스틴이 무슨 일인지 궁금해하며 테이블 사이를 비집고 들어와 합류했다. 각자 떨어져 앉아 묵묵히 자기 일을 하던 아이들이 이렇게 또 갑자기 한데 모이는 것이 신기했지만, 예전부터 여자아이들이 먼저 자신에게 다가와 말을 거는 상황에 해인은 익숙하긴 했다.

"한국에서 온 남자애는 처음이지, 안 그래?"

여자아이들은 남학생 하나를 중간에 놓고 빙 둘러싼 채 자기네들끼리 이러쿵저러쿵 떠들었다.

"그래, 맞아. 여자애들은 몇 있었지만."

"지금도 한 명 있지 않니? 걔 이름이 뭐더라……."

"아, 나랑 수학 수업 같이 듣는데."

수전이 안경 너머로 미간을 찌푸리며 기억을 더듬으려 애썼다.

"해인, 넌 만나봤니? 같은 나라에서 온 애면 당연히 알 거 아냐."

그런 여자아이의 존재는 금시초문이었다.

세상의
여자아이들

　　　　　여자아이들은 참 알다가도 모를 존재였다. 가만히 있으면 있을수록 먼저 다가왔다. 어릴 적부터 가장 최근의 고등학교 시절에 이르기까지 여자아이들은 해인에게 다가와 자신의 사소하거나 무거운 이야기를 일방적으로, 비밀스럽게 털어놓고 갔다.

　단도직입적으로 본론부터 털어놓는 아이가 있는가 하면 교과서를 괜히 들고 와서 물어보는 척하면서 전혀 다른 이야기를 꺼내는 아이도 있었다. 해인은 말수 자체도 많지 않을뿐더러 다양한 삶의 경험이나 넘치는 혜안도 없었고 위트 있는 답변을 줄 자신도 없었기에 여자애들의 그런 행동은 적지 않게 그를 난처하게 만들었다. 어떻게 조언해야 할지 몰라 그저 열심히 들어주고 마지막에는 정말 미안해서 눈꼬리가 처진 채로 이렇게 덧붙일 뿐이었다.

"솔직히 그 문제에 대해서는 아는 게 없어서 무슨 말을 해줘야 할지 잘 모르겠어."

이렇게 단호하게 말해도 그녀들은 아랑곳하지 않고 평소에는 드러내놓고 친하게 지내지도 않는 해인에게 난데없이 자신의 가장 연한 부분을 들이밀었다.

"해인에게 말하고 나면 이해받는 느낌이야."

"너라면 뭔가 안심이 되고 말하고 나서 마음이 정리가 돼."

"해인은 참 입이 무거워."

나중에 깨달은 사실이지만 이 세상의 여자아이들이란 그저 자기 얘기를 진지하고 참을성 있게 들어주는 사람을 간절히 필요로 할 뿐이었다. 불행하게도 또래의 남자아이들은 대개 그럴 만한 인내심이 없었다. 착각도 심했고 손도 제자리에 가만히 두질 못했다.

초등학교 오 학년 때 젖가슴 발육이 빨라 남자아이들의 놀림거리가 되었던 같은 반 여자아이는 방과 후 교실에 아무도 없는 것을 확인하고는, 자신의 하소연을 참을성 있게 들어준 해인의 손을 잡아끌어 티셔츠 아래 보들보들한 면 소재의 주니어용 브래지어 안으로 집어넣었다. 그러고는 꼬깔콘처럼 솟아올라 솜털이 보송보송한 젖가슴을 만지게 해주었다.

"네가 나한테 친절하게 대해주었기 때문이야."

그 말캉한 촉감이 싫지는 않았지만 이럴 거였으면 방금 전의 고민 상담은 뭐지 싶었다.

*

학교 중앙도서관 서가에서 해인이 영문학 수업 리포트에 필요한 책을 찾고 있는데 한 동양인 여자아이가 눈앞에 나타났다.

여자아이는 길고 깡마른 팔다리와 가냘픈 어깨에 긴 생머리를 가슴께까지 늘어뜨리고 있었다. 짱구처럼 볼록 튀어나온 이마와 뒤통수, 크고 새까만 두 눈. 눈동자는 어린 사슴처럼 맑고 윤기가 났지만 눈가엔 거뭇한 그림자가 드리워져 있었다.

하늘색 면 셔츠에 청바지를 접어 입고 교과서를 양팔에 무겁게 들고 있던 그녀가 먼저 영어로 말을 걸었다.

"설마 샐린저……?"

입을 열자 그녀의 왼쪽 뺨에 움푹 파인 보조개가 드러났다. 해인이 아무 말 없이 고개를 끄덕였다.

"샐린저는 중학생 때 이미 진도 떼는 건데."

해인을 도발하듯 그 여자아이는 말을 짧게 내뱉었다.

"……."

"하긴 베일리 선생님이 샐린저를 유달리 편애하니까. 난 그 선생님 수업 작년에 들었어. 리포트 주제는 뭐로 하려구? 청춘의 고뇌와 방황? 부조리한 권위에 대한 저항?"

목소리가 저음인 데다 말이 너무 빨라서 해인은 몇몇 단어를 알아듣지 못했다. 그는 뭐라고 대답해야 할지 막막해서 그저 가만히 그녀를 바라보며 서 있었다.

해인에게 별다른 반응을 기대하지 않았던 그녀는 대뜸 그의 손에서 『호밀밭의 파수꾼』을 낚아채더니 서가 사이의 카펫 바닥에 털썩 양반다리를 하고 앉아 익숙하게 책장을 넘기며 몇몇 대목에서 혼자 키득키득 웃었다. 해인도 맞은편에 양반다리로 앉아 그녀의 돌발적인 행동의 추이를 지켜보기로 했다.

"사람들은 다 이걸 명작이라고 하지만 내가 보기엔 그냥 부잣집 철부지인 의지박약 남자애가 복에 겨워 뉴욕 시에서 흥청망청하는 이야기에 불과해. 리포트에 그렇게 쓰면 곤란하겠지만."

"질문이 있는데 너 혹시…… 한국에서 왔니?"

해인은 머뭇거리다가 한국어로 말을 건넸다.

"맞아. 이제 알았니?"

그녀가 눈을 반짝반짝 빛내며 책에서 시선을 뗐다.

"내 이름은 안나라고 해."

안나가 해인에게 손을 불쑥 내밀었다.

"나는 해인이야, 박해인."

해인이 손을 맞잡으려고 했지만 안나는 손가락 끝만 가볍게 잡는 얄미운 악수를 하고는 이내 손을 거두었다. 저 멀리서 사서가 돋보기를 코허리로 내리면서 정숙하라고 눈짓으로 주의를 주었다.

"저기, 기분 나쁘게 들릴지도 모르겠지만, 같은 한국 사람이라고 해서 나한테 괜한 기대는 하지 않았으면 좋겠어. 난 같은 나라 사람이라고 질척하게 굴면서 기대는 거 딱 질색이거든."

유치원 시절 해인이 선생님에게서 제대로 배운 게 하나 있다면 그것은 '친구를 이유 없이 괴롭히지 말자'라는 것이었다. 친구에게 잘해준다는 것은 그 친구가 원하는 일을 해주기보다 원하지 않는 일을 하지 않는 것이라고 했다. 해인은 그 말이 머릿속에 계속 맴돌았고, 남한테 도움이 되지는 못할망정 상대가 원치 않은 행동으로 괴롭히진 말아야겠다고 내내 다짐하며 컸다.

"그래, 알았어. 걱정하지 않아도 돼."

해인은 안나를 담담하게 응시했다.

"난 혼자서도 잘 놀아. 정확히는, 무리 지어 다니는 걸 싫어해. 인간이 무슨 동물도 아니고."

해인은 일어나서 바지를 털고 서가에 올려놓은 책들을 챙겨 자기 자리로 돌아갔다. 안나는 멀뚱히 큰 보폭으로 멀어져

가는 해인의 뒷모습을 지켜보고 있었다.

다정한 첫 만남은 아니었지만 해인은 순수하게 '안나'라는 이름이 참 마음에 들었다. 아무런 이유 없이 그 이름은 매력적이었다.

알아서 피한다고는 했지만 두 사람은 학교 안에서 마주칠 수밖에 없었다.

해인이 점심시간이나 방과 후에 도서관에 있다 보면 안나도 친구 한두 명과 함께 들어왔다. 안나는 도서관에서 해인을 발견하면 예민하게 의식했고 또 그렇게 의식하고 있음을 노골적으로 티 냈다.

해인은 개인 소유물도 아닌데 도서관 정도는 마음 놓고 이용할 권리가 있지 않나 싶어 조금 억울했다. 그러나 안나의 부탁을 기억하고, 일부러 도서관의 맨 구석 테이블에 짐을 풀고 교재들을 요새처럼 한 줄로 쌓아 올려 자기 모습을 숨기고 공부했다.

매부리코 맥퍼슨 선생님의 수학 수업에서도 둘은 만났다. 맥퍼슨 선생님의 수업은 우등반 수업이라 학생 수가 적었다. 선생님은 걸핏하면 반 학생들을 두 팀으로 나눠 문제 풀기 경쟁을 시켰다. 안나와 해인은 자주 같은 라운드에서 붙었는데 해인은 안나와 부딪히지 않으려고 일부러 문제를 천천히 풀거나 실수를 해서 그녀가 이기게 했다. 얼마 지나지 않아 해인의 시험 점수가 반에서 연속으로 최고 점수를 기록하자 안나는 해인이 자신에게 일부러 져주고 있다는 것을 눈치챘다.

"너, 지금 장난해? 네가 뭔데 나를 봐주고 그래? 난 정정당당하게 할 거야. 이런 식으로 이기고 싶지 않다구!"

수업이 끝나고 안나는 교정 계단으로 해인을 불러내 버럭 성을 냈고, 해인은 진심으로 사과했다.

"너를 불편하게 하고 싶지 않았어. 약속했던 대로."

"바로 그런 게 싫었던 거야. 의식하지 말라구! 나를 그런 식으로 너랑 묶어서 생각하지 말란 말이야!"

하지만 그날, 두 사람은 조금씩 서로에게 속내를 드러냄으로써 역설적으로 더 가까워지게 되었다. 싸우다가 친해진 여자아이는 안나가 난생처음이었다. 자신에게 화를 낸 여자아이도 안나가 처음이었다. 여느 여자애들과 비슷한 점도 있었다. 안나는 그간 봐왔던 그 어떤 여자아이보다도 자기 이야기를 들어줄 사람을 간절히 필요로 했다.

서툴게,
한 걸음

안나는 방과 후 북클럽 토론 수업을 진행하는 베일리 선생님을 보노라면 기분이 흐뭇해졌다. 반 아이들의 엉성하고 덜 여문 자기표현에 신경질적으로 연갈색 곱슬머리를 마구 헝클어트리거나, 제비집 머리를 하고는 귓등에 노란색 볼펜을 꽂거나, 심각한 표정으로 팔짱을 끼거나, 교실 안을 서성이며 아이들이 속으로만 품은 생각을 입 밖으로 표현할 수 있도록 이끄는 모습은 아무리 지켜봐도 질리지 않았다.

베일리 선생님은 교사인 동시에 소설을 쓰는 사람이기도 했다. 학기 중에는 영문학 수업과 방과 후 북클럽 담당 교사로 바빴지만 여름방학과 겨울방학에는 뉴욕 시에서 운영하는 '청소년을 위한 창작워크숍' 지도교사로 일하며 틈틈이 단편소설을 썼다. 그중 몇 편은 그리 유명하지 않은 뉴욕 주 기반의 문

예지에 실리기도 했다.

가장 최근에 쓴 단편소설은 캘리포니아에서 서핑 용품 가게를 운영하는 한 청년의 사랑과 모험에 관한 이야기였다. 정작 그는 캘리포니아에 가본 적도, 서핑을 해본 적도 없다고 고백했다.

"소설 주인공으로 작가나 선생, 학생이나 실업자를 등장시키는 건 게으른 작가들이나 하는 짓이야."

그래서 그런 특이 직종을 소설 주인공의 직업으로 고르나 싶었지만 왜 굳이 자신이 모르는 것에 대해 써야 하는지 안나는 잘 이해되지 않았다. 선생님이 편애하는 『호밀밭의 파수꾼』은 물론이고 그 외에도 작가, 선생, 학생 등 사실상 놀고먹는 인간들이 주인공인 유명한 문학 작품들을 몇십 편이라도 댈 수 있었다.

부디 그가 너무 어려운 길로 돌고 돌아서 가지 않기를, 그가 원하는 일과 할 수 있는 일이 일치하기를 그에게 애정을 가진 학생이자 잠재적인 독자로서 소망했다.

안나는 베일리 선생님이 지도하는 북클럽의 매우 성실하고 충직한 회원으로, 다른 학생들과 책을 읽고 토론하는 활동 외에도 따로 꾸준히 에세이나 짧은 소설을 써서 베일리 선생님에게 검토를 부탁했다. 선생님은 안나의 글 마지막에 빨간 펜으로 한 단락 길이의 품평을 곁들였는데 그녀는 그것을 연서라도 되는 듯 반복해서 읽고 또 읽었다.

선생님은 때로는 안나의 고등학생답지 않은 어른스럽고 깊이 있는 시각을 칭찬했다가 어떤 때는 어깨에 힘을 빼고 지금 나이에 걸맞은 눈높이의 글을 쓰라고 조언했다. 어떤 때는 글이 술술 잘 읽히다 못해 숨 가쁠 정도로 가속도가 붙어 부담스럽다고 했다가 또 어떤 때는 쓸데없는 묘사가 너무 늘어져서 가독성이 떨어진다고 지적했다.

뭔가 일관성이 없어 보이는 품평에 안나는 가끔 못마땅하고 속상했지만 그것은 베일리 선생님의 변덕스러운 감정 기복 탓이 아니라 아직 자신의 글이 무르익지 않고 중심이 안 잡혀서 그런 거라고 스스로를 이해시켰다.

베일리 선생님은 어쨌거나 마지막엔 언제나 희망적인 격려를 잊지 않았다. "미래의 작가 안나가 계속 근사한 글을 써나갈 수 있기를"이라든가 "넌 분명히 훌륭한 작가가 될 수 있을 거라고 선생님은 믿는다"라든가 "네가 보여주는 상상력이 내게도 큰 자극을 준단다. 선생님도 질 수 없겠는데?"라든가.

그 마지막 문장을 읽는 것만으로도 안나는 충분히 행복했다. 자신감을 잃지 않고 계속 써나갈 수 있도록 힘을 불어넣는 것이 스승의 가장 중요한 역할 아닌가. 자신이 동경하고 좋아하는 사람이 나를 정면으로 지켜봐주는 것만으로도 충분히 고맙고 소중한 일이었다.

부엌 식탁에서 밤늦게까지 졸린 눈을 비비며 습작을 하고, 그 글을 다듬어서 선생님에게 제출하고, 떨리는 마음으로 품평을 기다리는 것은 안나의 학교 인생에서 가장 따뜻한 순간들이었다.

방과 후 북클럽 활동 외에 나머지 빈 시간을 안나는 아르바이트로 채웠다. 집 부근 문구점에서 시간제로 일하기도 했지만 되도록 급료가 후한 어린 학생들 과외를 했다.

그날도 안나는 학생처 구인구직 게시판에서 시간당 팔 달러짜리 초등학교 6학년 과외 아르바이트 자리를 찾고 기뻐하고 있었다. 학생처 사무원이 그려준 약도를 보니 집과는 반대 방향이고 조금 멀었지만 다행히 학교에서 걸어갈 수 있는 거리였다.

약도를 보며 더듬더듬 방향을 가늠해보는데 인기척이 느껴졌다. 해인이 흠흠 헛기침을 하며 배낭 손잡이를 두 손으로 쥐고 옆에 서 있었다.

"뭐야, 왜 거기 서 있어?"

안나는 미간을 찌푸리며 해인을 올려다보았다.

"헤매고 있는 거 같아서."

"알아서 찾아갈 거야. 걱정할 필요 없어."

"너 데려다 주려는 게 아니라 그냥 이쪽이 우리 집 가는 방향이라서……."

해인이 수줍게 미소 지었다.

"맘대로 해. 너무 옆에 붙어서 걷진 말구. 남들이 사귄다고 생각할 거 아냐."

안나는 얼굴이 빨개져서는 입술을 뾰로통하게 내밀었다.

스쿨버스가 두 대 다녔지만 안나와 해인이 사는 집과 노선이 맞지 않았고 대개 고등학교 고학년들은 직접 차를 운전하거나 부모가 차로 데리러 왔다. 걸어서 학교를 다니는 아이들은 집이 아주 가깝거나 안나와 해인처럼 자동차도, 면허도, 데리러 올 부모도 없는 아이들뿐이었다.

해인은 발걸음을 내딛으며 워크맨 이어폰을 귀에 꽂았다. 학교 밖에서 이렇게 둘이 나란히 걷는 건 처음이었다. 키가 큰 해인도 걸음이 빨랐지만 안나 역시 성격이 급해 걸음이 제법 빨랐다. 바닥에 떨어진 낙엽이 바삭거렸다.

"뭐 듣니?"

"아, 모차르트 피아노 소나타 11번."

해인이 엉거주춤 한쪽 이어폰을 뺐다.

'으, 뭐야……. 재수 없어.'

"어디 나도 한번 들어보자."

안나가 오른쪽 머리를 귀 뒤로 넘기고 하얀 조개껍질 같은 귀에 해인이 손에 들고 있던 이어폰 한쪽을 꽂았다.

벤츠 오픈카를 탄 상급생 백인 학생들이 이어폰을 나눠 끼고 나란히 걸어가는 안나와 해인을 발견하고 요란하게 휘파람을 불며 지나갔다. 안나는 커다란 눈을 더 치켜뜨면서 그들을 향해 가운뎃손가락을 추켜세웠다. 해인은 안나를 진정시키며 인도 안쪽으로 걷게 했다.

"머리 텅텅 빈 놈들. 넌 저런 거 보면 같은 남자라는 게 화도 안 나?"

안나가 여전히 분한 듯 찡그리고 있었다.

"상대할 거 없지 뭐. 저맘때 남자 녀석들은 아무 생각이 없어. 머리가 텅텅 비었지."

"흠…… 고상한 너는 모차르트 소나타를 듣고?"

"아무 생각 하지 않으려고 듣는 거야."

그제야 안나의 굳은 표정이 조금씩 풀어졌다.

"미국에선 차 없으면 완전 빈민 취급 받잖아……. 참 싫어. 우린 엄마도 운전을 못하니까."

"어쨌든 저런 애들은 상대하는 것도 아까워. 넌 저런 아이들보다 훨씬 더 훌륭하니까."

"내가 뭘?"

"네 힘으로 돈을 벌고 있잖아. 쟤네들처럼 부모 돈으로 산 차 타고 다니면서 그게 잘난 줄 알고 자랑이나 하면서 인생을 허비하진 않지. 그런 독립심은 우리 나이에 아무나 가질 수 있는 게 아냐."

말은 고마웠지만 저 아이들보다 훌륭해지고 싶어서가 아니라는 것을 해인은 모르는 눈치였다. 그러고 보면 해인은 가끔 참 순진한 샌님 같았다.

"흰색 페인트 칠한 흔들의자가 있다고 했지……."

과외 아르바이트를 할 카메론 스트리트 25번지에 도착하자 해인은 가방을 왼쪽 어깨로 바꿔 메고 안나에게 가볍게 손 인사를 한 뒤 왔던 길로 다시 성큼성큼 걸어갔다. 안나는 또 멀뚱히, 멀어져가는 해인의 뒷모습을 지켜보고 있었다. 마음속에 찬바람이 스며들기 전에 얼른 대문 옆 초인종을 눌렀다.

두 시간 뒤 해인은 검은색 스웨터와 청바지 차림으로 귀에 이어폰을 꽂고 카메론 스트리트 25번지 앞 인도에 꼿꼿하게 서서 기다리고 있었다. 집에서 급히 뛰어왔는지 호흡이 거칠었다.

안나는 자신을 마중 나온 해인을 발견하고는 얼굴이 붉어졌다. 과외하는 학생 힐러리와 그녀의 어머니가 문밖까지 배웅하러 나왔다가 안나에게 의미심장한 윙크를 건넸다. 안나는 그런 게 아니라고 손사래를 쳤다.

"나 혼자서 갈 수 있다는데 왜 또 왔어. 창피하게."

괜히 말이 퉁명스럽게 튀어나왔다.

"날이 어두워지면 위험해."

"휴…… 몰라. 맘대로 해."

안나는 과외하느라 말을 너무 많이 해서 지쳐 있었다.

두 사람은 지는 노을을 배경으로 어깨를 나란히 하고 아무 말 없이 걸었다. 해인은 안나가 힘들까 봐 일부러 말을 안 거는 것 같았다. 해인 말대로 날이 어둑해지니 자동차 몇 대만 주택가 도로를 이따금 오갈 뿐 걸어 다니는 사람이 거의 없었다. 바람도 더욱 차가워졌다.

이쪽은 안나가 사는 지역보다 확연히 더 잘사는 동네였다. 다채로운 형태로 건축된 주택을 하나하나 지나쳤다. 한 집에서는 월스트리트 브로커처럼 생긴 잘생긴 신사가 퇴근하고 미처 양복도 벗지 못한 채 앞뜰에서 바지런히 바비큐 그릴에 소고기와 소시지, 버섯 따위를 정교하게 굽고 있었다. 지글지글 고기 굽는 냄새가 코를 찔렀다. 배고픈 다람쥐들도 번잡하게 정원 주변을 뛰어다녔다. 안나는 꼬르륵 소리가 날까 봐 배에 잔뜩 힘을 주었다.

정원이 널따란 어느 삼층집에서는 중학생쯤 되어 보이는 여자아이들의 높은 옥타브 목소리와 댄스 음악이 들려왔다. 부모님이 안 계신 틈을 타 친구들끼리 모여 파자마 파티를 하는 모양이었다. 어디에서도 그릇 깨지는 소리나 부모가 아이에게 고함치는 소리는 나지 않았다. 모두가 보호받고 있는, 풍족하고 평화로운 동네였다. 안나의 지갑에도 방금 받은 십육 달러가 들어 있었다.

주택가가 끝나가자 큰길이 보이고 횡단보도 저편에는 적갈색 벽돌로 지어진 아파트 세 채가 서 있었다. 맞은편에 늘어선 상점가 대부분의 가게에는 불이 꺼져 있었고 델리 식품점과 작은 담배가게만 아직 영업을 하고 있었다.

"나, 저기 저쪽에 사니까 넌 그만 가봐."

신호등의 청록색 불이 깜빡이는 횡단보도를 안나는 누군가에게 쫓기는 것처럼 아슬아슬하게 뛰어서 단숨에 건너갔다. 아파트 입구에서 뒤를 돌아보니 아직도 해인이 횡단보도 앞에 당혹스러운 표정으로 서 있었다.

'쟤는 왜 안 가지?'

안나는 무시하고 아파트 계단을 올라갔다. 엘리베이터가 없는 육 층짜리 아파트, 한 층 한 층 올라갈 때마다 복도 불이 하나씩 자동으로 켜졌다. 불빛은 삼 층에서 멈추었고 쿵 하고 문을 거칠게 닫는 소리가 들렸다.

해인은 신호가 다시 청록색으로 바뀌자 횡단보도를 건너 안나의 아파트 앞에 서서 쉽게 발을 떼지 못했다. 호주머니에 두 손을 찔러 넣고 주위를 서성이면서 이따금 삼 층 창문을 올려다보았다.

'집에 아무도 없는 걸까? 부모님은 일 때문에 늦으시는 걸까? 분명 집 안으로 들어갔을 텐데 왜 방에 불이 하나도 안 켜지는 걸까. 아무도 없는 집에서 안나는 지금 혼자 뭘 하고 있을까……'

안나는 안나대로 방에 불도 안 켠 채 구멍이 보송보송 난 레이스 커튼 너머로 쟤는 왜 아직 안 가고 저기서 얼 나간 듯 서서 보고 있는 걸까, 사람 참 신경 쓰이게 만드네, 라며 걱정스레 내려다보고 있었다.

급기야는 보다 못해 후드티로 갈아입은 안나가 일 층 현관으로 내려왔다. 학교에서 출발할 때 먹구름이 끼기 시작하더니 이젠 조금씩 보슬비가 내리고 있었다. 바람은 더 강해져서 나무들이 흔들리며 휘파람 소리를 내고 빗줄기는 점점 더 굵어졌다.

"거기서 뭐해? 누가 경찰에 신고하면 어쩌려구."

안나는 후드티의 모자를 뒤집어쓰며 비를 피했다.

"너 왜 내려왔어?"

무슨 소리, 안나 눈에는 해인이 자신이 내려오기를 기다리고 있었던 것처럼 보였다. 헤어진 지 얼마나 되었다고 내가 그렇게 보고 싶었나, 거기까지 생각이 미치자 이 키다리 남자애가 조금 귀엽게 느껴졌다.

"그러는 너는 왜 안 가고 여기 계속 서 있는데?"

"너희 집에 불 켜지는 거 보고 가려고 했지. 불이 계속 안 켜지니까 안심이 안 되잖아."

피식, 안나는 힘없이 웃었다. 점점 비에 젖어가는 해인의 모습이 더 측은했다.

"내가 애니? 나야말로 창밖으로 너 보니까 꼭 불쌍한 표정으로 주인 올려다보는 강아지 같아서 말이야."

해인은 앞머리를 쓸어 넘기며 싱겁게 웃었다.

"어쨌든 잘 있는 거 확인했으니까 됐어. 이젠 가볼게."

"너야말로 됐고, 올라와서 옷 좀 말리고 밥이나 먹고 가. 무슨 실연당한 남자처럼 비 맞고 서 있는 꼴, 정말 불쌍해서 못 봐주겠다."

겉에서 보기보다 올라가는 계단은 낡은 데다 비좁고 가팔랐다. 삼 층까지 올라가서 열쇠로 문을 따고 들어갔다. 현관에는 여자들 신발만 보였다. 거실에는 텔레비전과 연베이지 천 소파가 놓여 있었고 그 옆으로 아일랜드형 부엌과 맞은편에는 방 두 개와 화장실이 있었다.

"거실까지는 신발 신고 들어와도 돼."

부엌 냉장고에 엄마와 딸의 사진이 자석 액세서리들과 더불어 산만하게 붙어 있었다.

"너희 어머니?"

"응. 나랑 참 안 닮았지?"

사진 속의 여자는 매끈하고 오뚝한 코에 굽슬굽슬한 긴 머리를 늘어뜨리고, 고혹적인 두 눈동자는 총기와 생명력으로 가득했다. 여기에 까무잡잡한 피부가 이국적인 아우라를 더했다.

안나는 해인의 표정을 곁눈질로 살피며 운을 뗐다.

"남자들의 그런 표정 참 익숙해. 우리 엄마가 눈에 많이 띄는 스타일이라."

"참 미인이시네."

"인정해. 하지만 문제는 본인도 그걸 너무 잘 알고 있다는 거지. 저 나이에 미스코리아 머리 스타일은 좀 짜증나지 않니? 아직도 자기가 아가씨인 줄 착각한다니까."

안나는 부엌 서랍에서 앞치마를 찾아 허리에 두르고 찬장에서 식빵 봉지를 꺼내 해인에게 휙 던졌다.

"배고프면 그거라도 씹고 있어. 아직 유통기한은 괜찮을 거야."

끝에서부터 차례로 먹지 않고 중간중간 골라 빼 먹은 듯 빵의 능선은 삐쭉삐쭉 제각각이었다.

미국 식빵이 얼마나 터무니없이 길고 큰지 투덜대면서 안나는 빠른 손놀림으로 손질해놓은 새우와 홍합을 냉장고에서 꺼내 씻고, 토마토와 샐러리를 다듬은 뒤 냄비에 물을 가득 넣고 스파게티 면을 삶았다.

스파게티가 완성되고 안나는 해인의 접시에 해산물을 잔

뚝 올려 담았다.

"자, 어서 먹어. 좀 넉넉히 만들긴 했는데, 남자들이 얼마나 먹는지 몰라서. 어쨌든 만든 사람 성의 봐서 남기지 말고 먹어야 해."

두 사람이 먹을 양 치고는 확실히 면을 너무 많이 삶은 것 같았다. 안나는 포크만 쥐었다 뿐이지 자기 앞에 놓인 스파게티 접시는 건드릴 생각도 안 하고 맞은편에 앉은 해인이 식사를 시작하기를 빤히 쳐다보며 기다리고 있었다.

해인은 포크를 들어 묵묵히 그날 밤의 두 번째 저녁 식사를 먹기 시작했다.

"정말 맛있다."

진심이었다.

안나는 기뻐하며 자신도 포크로 면을 돌돌 말아 한입 맛보았다. 그 순간 해인이 못 참고 꺼억 트림을 했다.

눈을 감아버리면
사는 게 참 쉬워져

해인의 뇌리에 가장 생생하게 각인된 안나의 모습은 스트로베리 필즈^{Strawberry Fields}에서의 안나였다.

해인의 차림새가 촌스럽다며 안나가 대신 옷을 골라주겠다고 나섰다. 토요일, 맨해튼의 한 백화점으로 향했지만 정작 쇼핑은 삼십 분으로 충분했다.

"공원이나 들렀다 가자."

센트럴파크에 도착해서 안나는 해인을 데리고 시프 메도^{Sheep Meadow}를 지나 스트로베리 필즈로 향했다.

시프 메도는 이름 그대로 원래 양 방목지였지만 지금은 잔디 광장으로 바뀌어 사람들은 그곳에서 일광욕을 하며 자연과 도시의 풍광을 즐겼다. 거기서 약간만 더 걸어가면 회전목마가 있고 그 반대편으로 스트로베리 필즈가 보였다.

산책로에는 반바지 차림에 머리띠를 두른, 더 이상 건강해질 구석이 없어 보이는 사람들이 두서넛씩 짝을 지어 조깅을 하고 있었다.

안나는 가방에서 초록색과 파란색이 교차된 스코틀랜드 체크무늬 담요를 꺼내 잔디 위에 깔았다.

"아까 사 온 패딩 점퍼 좀 이리 내봐. 덮고 눕게."

안나는 담요를 팽팽하게 펴서 자리를 넓게 만들더니 그 위에 폴짝 올라가 두 팔을 머리 뒤로 받치고 편하게 누웠다. 해인은 패딩 점퍼를 꺼내 안나에게 덮어주고 몸이 안 닿게 조금 거리를 두고 자신도 그 옆에 누웠다.

"난 왠지 센트럴파크 중에서도 여기가 제일 좋더라. 이름도 너무 예쁘잖아. 이 근처에 존과 요코가 같이 살던 아파트가 있대. 존 레넌이 죽고 나서 오노 요코가 이 구역을 사들여서 기념공원으로 만들었다나. 비틀스 노래 〈스트로베리 필즈 포에버〉 들어봤지?"

Let me take you down,

'cause I'm going to Strawberry Fields.

Nothing is real and nothing to get hungabout.

Strawberry Fields Forever.

당신을 데려가고 싶어요,

난 스트로베리 필즈로 갈 거니까요.

그곳에 현실은 없어요, 마음에 걸리는 것 또한 없죠.

스트로베리 필즈여 영원히.

안나는 누운 채로 노래의 첫 후렴구를 불렀다. 평소 말할
때의 저음 목소리와는 달리 예상치 못한 청아한 목소리가 울
려 퍼졌다.

Living is easy with eyes closed,

misunderstanding all you see.

It's getting hard to be someone but it all works out,

it doesn't matter much to me.

눈을 감아버리면 사는 게 참 쉬워지지.

당신이 본 모든 것을 오해하면 말이에요.

그 누군가가 되기는 점점 어려워지지만 어떻게든 되긴 하니까,

아무려면 어때요.

"그렇게 많은 비틀스 노래가 빌보드 차트에서 일 등을 했는
데도 이 노래는 못했어. 난 그런 점도 참 매력적이더라."

늦가을이었지만 유달리 햇살이 눈부시도록 따가웠다. 저만

치에서는 한 아빠가 세 살쯤으로 보이는 딸과 함께 풀밭 위에서 주거니 받거니 공놀이를 하고 있었다. 그 옆의 나무 그늘에는 아이의 엄마가 얇은 담요를 깔고 앉아 임신해서 부른 배를 어루만지며 그들을 흐뭇하게 바라보고 있었다.

안나는 엎드려서 고개를 옆으로 돌리고 그림 같은 가족의 모습을 지켜봤다.

"해인아, 너는 저런 가족의 모습 보면 어떤 생각이 들어?"

"글쎄…… 행복?"

넌 참 순진해, 라고 말하듯 안나는 해인을 빤히 보았다.

"겉으로 보이는 게 다가 아닐지도 몰라. 저 아저씨는 알고 보면 토요일 하루쯤은 집에서 종일 텔레비전을 보면서 쉬고 싶은지도 몰라. 곧 태어날 둘째 아이를 다시 처음부터 한밤중에 기저귀 갈아가며 키울 생각에 속으로 공포를 느낄 수도 있고. 어쩌면 일터에 성적 긴장감을 주고받는 여자 동료가 있을 수도 있어."

"과연 작가 지망생다운 추리네."

해인이 어이없어하며 웃었다.

"저 엄마도 그래. 어쩌면 사실 둘째는 갖고 싶지 않았을 수도 있어. 아이를 둘이나 키우느라 원래 하던 일에 복귀하지 못할까 봐 두려운 거지. 딱 한 번 피임을 꼼꼼히 못한 게 그만 이런 결과를 낳아버린 거야. 심지어 둘째 아이를 가지기 전에 남편과 이혼하고 싶었던 적도 있었어. 남편은 착하고 좋은 사람이지만 원래 이상형과는 거리가 멀었거든. 정말 좋아하는 남자한테 실연당하고 나서, 하필 그때 자상하게 위로해준 남자와 덜컥 결혼한 경우지. 그런데 엄청난 상처를 주고 떠난 그 사람, 정말 좋아했던 그 남자한테서 공교롭게도 요새 다시 연락이 오기 시작한 거야. 하지만 저렇게 배가 부른 모습으로는 절대 만나러 갈 수 없겠지…….”

“……그렇게 말하니까 진짜 그런 거 같잖아.”

공이 저리로 튀자 짧은 다리로 뒤뚱뒤뚱 쫓아가는 어린 딸을 아빠가 번쩍 들어 올리더니 목말을 태워 함께 공을 찾으러 나섰다. 여자아이의 천진난만한 웃음소리가 주변 사람들을 절로 미소 짓게 했다.

“하지만 그 모든 것들을 뒤로하고, 화목해 보이는 저 가족은 토요일이 돌아오면 어김없이 늘어지게 잠을 자고 일어나 팬케이크 같은 걸 구워 먹고 피크닉 바구니를 싸서 센트럴파크로 오는 거야. 내심으로 지겹거나 말거나 상관없지. 말하자면 이건 토요일의 정해진 의식 같은 거야. 여기서 해가 질 때까지 아이와 놀다가 귀갓길에 피자를 사 들고 가서 먹고 텔레비전 보다가 잠들겠지.”

공을 찾아와서 기뻤는지 만족스러운 표정을 짓던 여자아이는 이내 얼굴을 구기더니 “피pee, 피” 하면서 손으로 치마를 부여잡고 화장실에 데려가 달라고 엄마에게 다다다 달려가서 보챘다. 안나는 그 모습이 귀여워서 흐뭇하게 웃었다.

"말도 안 되는 얘기를 하긴 했지만 사실 저런 게 평범한 가정의 모습이라고 생각해. 해인아, 난 말이야, 다분히 형식적이라도 평범한 가정을 동경했어. 매일 아침 정해진 시간이면 회사로 출근하는 아빠, 정성도 쏟지만 잔소리도 심한 엄마. 그런 판에 박힌 듯한, 아마도 너 같은 애들은 지긋지긋해하는 평범한 가정 말이야. 가면을 쓰고 연기하는 것도 책임을 느끼고 애정이 있어야 가능한 거니까."

선선한 바람이 불어오자 안나는 머리카락을 귀 뒤로 쓸어넘겼고 그 옆에서 해인은 지독히도 쓸쓸해 보이는 안나의 눈망울을 지켜보았다. 무슨 말이라도 해주고 싶었지만 평범한 가정이라는 것이 무엇인지, 실제로 존재하는지조차 알 수 없어 그저 아득하게만 느껴졌던 그 역시 그녀와 같은 표정을 지을 수밖에 없었다.

여자아이의 엄마가 부른 배를 한 손으로 받치고 영차, 무거운 몸을 일으켰다. 엄마가 어린 딸의 손을 잡고 저만치에 있는 간이 화장실로 향하자 아빠는 담요 위에 대자로 누워 팔로 햇살을 가리고 이내 눈을 감았다.

물구나무서기

한국어, 일본어, 중국어 그리고 영어로 출판된 책이 아버지의 책장에 빼곡히 차 있었다. 실력의 차이는 더러 있으나 모두 아버지가 구사할 수 있는 언어들이었다. 삼면을 가득 채운 책장, 그 가운데 마호가니 책상과 의자, 독서용 안락의자 그리고 소파 겸 침대가 놓여 있었다.

대개 문이 닫혀 있던 그 방에서는 아버지가 특히 좋아하는 베토벤 현악 사중주를 배경으로 책 넘기는 소리만이 희미하게 들려왔다. 집중하는 데 방해하지 말라는 신호였다. 신문을 읽을 때는 종종 방문을 열어두었는데 그는 한국 대학의 조교실에서 보내온 이 주치 분량의 신문을 꼼꼼히 읽었다.

"왜 같은 날짜의 신문을 두 개나 보세요?"

해인은 두 종류의 신문을 날짜별로 번갈아가면서 읽는 아버지가 의아했다.

"이 두 신문은 한 사건을 바라보는 시각이 완전히 달라. 같은 사건을 두고 제목을 뽑는 의도도 다르고. 정치적 시각의 차이라고 할 수 있지."

"그럼 둘 중에서 시각이 옳은 신문만 보면 안 돼요?"

"물론 나의 가치관이나 정치의식에서 봤을 때 옳은 쪽은 있지. 하지만 옳다고 믿는 생각이라도 늘 스스로 의심해보고 뒤집어볼 필요가 있어. 그러려면 자신과 반대되는 의견을 참조해야 하는 거지. 그리고 옳다고 해서 항상 그 안의 모든 것이 옳은 것도 아니야. 불완전한 인간이 만드는 거니까. 실수는 있게 마련이지."

아버지는 11월 26일자 신문을 접으면서 말했다.

어머니가 쇼팽을 틀어 저녁 식사가 준비되었음을 알렸다. 일층으로 내려가니 식탁에는 정갈한 한식 반찬이 차려져 있었다. 어머니는 요리를 즐기지는 않았지만 손이 빨랐다. 세 사람은 식탁에 둘러앉아 특별한 대화 없이 각자 조용히 식사를 했다. 해인은 아무리 세월이 흘러도 이 정적에 적응하기가 힘들었다.

*

어머니가 박사 학위 논문을 마무리하는 중이었을 것이다. 그날은 해인이 유치원을 하루 빠지고 특별히 어머니와 단둘이서 외출하기로 약속한 날이었다.

해인은 전날부터 흥분과 설렘에 휩싸였다. 치과에 먼저 들렀다가 약속한 장난감 박물관에 간다고 해도 상관없었다. '나만 데리고' 외출하는 일은 어마어마한 사건이었다. 그날만은 어머니를 독차지할 수 있었다.

아침 아홉 시 무렵, 두 사람은 식사를 마치고 외출할 준비를 다 한 뒤 어린 동생을 봐줄 아주머니가 오기만을 기다렸다. 그런데 초인종 대신 안방의 전화벨이 울렸다. 임신한 딸이 갑자기 배가 아파 급히 병원에 데려가야 한다며 미안하지만 도저히 못 가겠다는 전갈이었다.

전화 통화를 하는 어머니의 표정으로 해인은 오늘의 '나만 데리고' 하는 외출은 물 건너갔음을 체감했다. 어머니는 아주머니를 어떻게든 설득해보려 했지만 그건 시무룩해진 아들에게 보여주기 위한 쇼에 가까웠다.

해인은 화가 나서 안방에서 거실로 나와 텔레비전 볼륨을 있는 대로 키웠고, 어머니는 소리를 줄이라고 해인에게 신경질적으로 소리치고는 방문을 쾅 닫았다.

해인은 속이 상해 눈물이 찔끔 났다.

아기는 해인의 눈앞에서 옹알거리며 호기심 어린 눈으로 부엌 식탁 밑을 이리저리 기어 다니고 있었다. 돌을 두어 달 앞둔 여자아이였다. 한창 온갖 곳을 기어 다녀서 손이 가장 많이 가는 시기였다.

아주머니가 와서 이유식 먹일 걸 감안해 따로 아침밥을 안 준 터라 아기는 침을 흘리며 자꾸 바닥에 떨어진 음식물 부스러기를 입안에 집어넣으려 했다. 해인은 자기 동생이라고 하는 그 아기가 너무나 꼴 보기 싫었다. 어머니의 주의를 끌려고 일부러 텔레비전 소리를 더 크게 키워봤지만 여전히 안방에서는 아무런 반응이 없었다. 방에서 어서 나와 빨리 포기하게 해주는 게 차라리 나았다.

눈물이 자꾸 흘러내렸다. 남자아이가 툭 하면 운다고, 울면 못쓴다는 소리를 얼마나 많이 듣고 자랐는지, 문득 그 생각이 떠오르자 눈물은 더욱 서글프게 흘러나왔다.

해인은 속상할 때마다 말로 또박또박 자기표현을 하지 못하고 눈물샘부터 터지는 자신이 싫었다. 그럴 때면 벽이나 소파에 기대 물구나무서기를 했다. 그렇게 하면 눈물이 거꾸로 흘러 다시 눈 안으로 들어가서 운 것을 없던 일로 해버릴 수 있을 것만 같았다.

해인은 이번에도 소파에 등을 대고 물구나무서기를 했다. 천장이 바닥처럼 보이면서 장난감으로 어수선한 바닥이 단번에

정돈된 듯한 착각에 빠지는 것도 좋았고, 눈물이 거꾸로 흘러 눈썹과 이마를 적시는 간지러운 느낌도 싫지 않았다.

오래 버티고 있자 피가 점점 머리로 쏠리는 느낌이 들었다. 빌어먹을 저 여동생도 천장에 매달려 있는 것처럼 보였다. 아기는 오빠가 그러고 있는 게 신기한지 쳐다보면서 천사처럼 까르르 웃었다. 다 네 탓이야, 해인은 속으로 그 아이를 원망했다.

그리고 그 일이 벌어졌다.

텔레비전 한곳을 쭉 응시하다가 머리를 조금 움직여서 중심을 잡으려고 다시 부엌 식탁 쪽을 힐긋 보니 여동생이 엉거주춤 엎드려 있었다. 언뜻 비치는 얼굴이 시뻘겋게 일그러져 있었다. 울음보를 터트리려 애써 힘을 주는 것 같았지만 목이 막혀서였을까 아무 소리도 나지 않았다. 해인이 물구나무서기를 하고 있어서 더 숨 막히게 느껴졌는지도 모른다.

당장 일어나서 그 아이에게 달려갔어야 했다. 텔레비전을 껐어야 했다. 안방에 있는 어머니가 들을 수 있도록 소리라도 질렀어야 했다.

해인은 아무것도 하지 못하고 그 아이가 몸에 힘이 풀려 바닥에 완전히 엎드려서 미동 하나 없을 때까지 그저 그 상황을 계속 거꾸로 응시하고만 있었다.

해인의 행동에 대해 어머니는 그 어떤 말도 하지 않았다. 다만 입관식에서 애벌레처럼 천으로 칭칭 감겨 있는 그 작은 몸에 수의를 입히기 전에 한마디 했다.

"마지막으로 동생, 찬찬히 한번 봐줘."

험하니까 해인은 입관식에 굳이 데려오지 않아도 된다고 그녀의 시어머니, 그러니까 해인의 할머니는 그를 감쌌지만, 어머니는 그 말을 무시하고 해인의 손을 잡아끌어 여동생의 밀랍인형 같은 마지막 모습을 똑똑히 두 눈으로 보게 했다.

쯧쯧쯧, 할머니는 그 모습에 혀를 내둘렀다. 할머니는 가끔 해인에게 한때 어머니가 심하게 앓았던 산후우울증 얘기를 꺼냈다.

"너희 엄마는 네 동생을 한 번도 원한 적 없었어. 그래서 벌받은 거야. 사람이 마음을 그렇게 독하게 먹으면 안 되는데 말이다."

그것이 사실인지는 알 수 없었지만 동생이 밤낮으로 울어대던 신생아 시절 대학에 갓 자리 잡은 아버지와 박사과정 졸업을 앞둔 어머니는 자주 싸웠다고 했다. 싸움에서 진 쪽은 주로 어머니였다.

상황은 도와주지 않아 아기를 돌봐주는 아주머니도 자주 바뀌었다. 아이 봐주는 아주머니들은 해인의 유치원 등하원도 챙겼는데 한 사람 빼고는 모두 유치원이 끝나고 놀이터에서 만나는 이웃 엄마들에게 어머니에 대한 험담을 해댔다. 어머니가 자기 일만 아는 차갑고 이기적이고 잘난 여자라는 것, 결코 아무나 엄마 노릇을 할 수 있는 게 아니라는 것이 그녀들의 요지였다.

"아무리 대학교수라고 해도 엄마 노릇에는 별수 없어."

그 말에 주위의 아주머니들은 고개를 격하게 끄덕였고 해인은 왜 자기네 집 아주머니가 어머니를 대학교수라고 말하고 다니는지 이해가 잘 가지 않았다. 우리 어머니, 대학교수 아닌데. 지금 학생인데.

경위야 어쨌든 여동생의 사고사로 사람들은 어머니가 학업을 포기하거나 혹은 포기할 수밖에 없는 정신 상태에 빠질 거라고 예상했다. 해인도 어머니가 어쩌면 집에 있게 되지 않을까 내심 기대했다.

그러나 어머니는 사람들의 상식적인 예견과 해인의 간절한 바람을 저버리고 자식을 묻은 뒤 오히려 더 박차를 가해 박사 논문을 통과하고 원하던 대학의 조교수 자리를 거머쥐었다. 마치 세상에는 아무리 노력해도 내가 어떻게 하지 못하는 것이 있지만, 그만큼 내가 마음대로 할 수 있는 것들도 분명 있다는 것을 입증하려는 듯. 어쨌든 그렇게 어머니는 도우미 아주머니가 나불대며 은근히 자랑하고 다닌 대로 대학교수가 되었다.

여동생의 너무 이른 죽음은 그렇게 조금씩 삭혀졌다.

해인은 초등학교 입학 무렵까지 자주 여자 아기의 웃음소리나 울음소리가 귓가에 환청처럼 맴돌았지만 그에 대해선 아무한테도 말하지 않았다. 말해봤자 모든 것이 어머니 탓이라고 할 게 뻔했고 시간이 흐르면 나아질 거라고 애써 자신을 타일렀다.

어머니와 아버지는 집에 각자 서재를 두고 잠도 따로 잤다. 해인은 방에서 혼자 자다가 예의 그 아기들이 우는 소리와 웃는 소리가 뒤섞여 귓가에 맴돌면 너무 무서워서 도저히 혼자 방에 있을 수가 없었다.

한밤중의 복도는 인기척 하나 없이 조용했다. 가로등 불빛이 어른거리는 벽이 사람 얼굴을 하고 이쪽을 노려보는 것만 같았다. 싸늘한 바닥에 발이 닿자 절로 까치발이 되어 종종걸음으로 어머니 방으로 건너갔다.

솜이불 안의 묵직하고 따스한 온기가 해인을 맞아주었다. 작은 소리에도 예민했던 어머니는 금세 선잠에서 깼지만 잠을 깨운 해인에게 요만큼도 화내지 않고 아들의 머리를 한 올 한 올 손가락으로 어루만져주며 희미하게 미소 지었다.

"……어머니, 저 사랑해요?"

해인은 어머니의 목덜미에 머리를 파묻고 떨리는 목소리로 물었다.

"물론이지. 나에게 이젠 너뿐이야."

너뿐이라는 말에 해인은 죄책감보다는 지극히 단순한 행복
감에 젖었다. 그 한마디에 금세 다시 잠이 들 수 있었지만 일어
나 보면 자기 방 침대로 옮겨져 있었다.

한번은 새벽에 또 자기 침대로 돌려보내진 게 속상해서 어
금니를 악물고 오기로 다시 어머니의 침대 속으로 기어들어갔
다. 어머니는 그날 밤 무척 피곤했는지 해인이 곁에 온지도 모
르고 깊은 잠에 빠져 있었다.

다음 날 아침 해인은 침대 시트가 서늘하게 축축해진 느낌
에 깜짝 놀라 깼다. 긴장이 풀려 자신이 이불에 실수한 줄 알고
당황했다. 어머니가 깨기 전에 어떻게 할 방법이 없을까 고민
하며 이불을 조심스레 들춰 보니 누런 지도 모양 대신 핏물이
검붉게 물들어 있었다.

해인은 기겁하며 잠든 어머니의 팔을 흔들어 깨웠다.

"쉿, 조용히 해. 괜찮아. 엄마가 몸이 좀 아파서 그래."

어머니는 그다지 놀라지도 않은 기색으로 해인을 달래며 말
했다. 해인은 뻣뻣하게 굳어버린 다리를 이불 속에서 빼지도
못하고 가만히 앉아 있었다.

"너는 아무 걱정도 하지 말고, 누구한테도, 아무 얘기도 하
지 마."

어머니는 해인의 뺨을 부드럽게 어루만지며 단호하게 타

일렀다. 해인은 초등학교도 다니고 이제 다 컸다고 생각했건만 핏빛의 불길함에 오랜만에 어린아이처럼 목 놓아 펑펑 울고 말았다.

몇 주 뒤 어머니가 병원에 입원해 수술을 받아야 한다면서 할머니가 며칠 해인네 집에 와 계셨다. 할머니는 이번에도 불길한 것을 보는 듯 손주를 바라보면서 혀를 찼다.

"쯧쯧쯧, 불쌍한 것. 넌 이제 혼자 평생 외롭게 크겠구나."

해인은 할머니의 연민 어린 말에서 위로보다는 저주를 느꼈다. 얼마 뒤 할머니는 자택의 화장실 바닥에서 미끄러져 뇌진탕으로 세상을 떠났고, 그것이 해인이 할머니로부터 들은 이 세상에서의 마지막 말이 되어버렸다.

해인의 어머니는 아이를 가질 수 없는 몸이 되었지만 그 일은 부부의 일상에 아무런 변화를 가져다주지 않았다. 해인은 초등학교 고학년이 될 무렵 어머니와 아버지가 남남처럼 지내면서도 이혼을 하지 않고 공동생활을 할 수 있다는 것을 받아들이기 시작했다. 중학생이 되어서는 막연히 언젠가 어떤 계기가 생겨 부모님이 자연스럽게 이혼한다면 자신은 어머니를 따라가겠지 정도에서 생각을 그치며, 더 이상 그들의 관계에 대해 고민하지 않기로 결심했다.

나 자신한테 집중하자, 나로 인해 그들이 달라질 수 있는 여지는 없다, 그 이상은 집착이다, 라고.

아버지가 뉴욕 주 한 대학의 교환교수로 부임하게 되었을 때 해인은 드디어 '그때'가 왔다고 확신했다. 어떤 계기는 애매모호한 상황을 명확하게 해줄 것이다.

세간에 대한 체면 때문에 법적으로는 이혼하지 않을 수도 있겠지만 짓눌리는 집 안 공기를 더 이상 감내하지 않아도 된다는 점에서 해인은 위장 속의 까끌까끌한 돌을 걷어낸 기분이었다. 그러나 여동생이 죽었을 때와 마찬가지로 이번에도 어머니는 주변 사람들의 일반적인 예상을 뛰어넘는 행동을 감행했다.

"뉴욕 주 안에 대학이 얼마나 많은데 내 일자리 하나 못 찾겠니."

어머니는 석 달의 시간 차를 두고 아버지와는 다른 대학에 일자리를 얻어냈다. 아버지는 언짢아하지도, 기뻐하지도 않았다.

"아, 그래?"

이것이 반응의 전부였다. 해인은 왜 어머니가 나아질 가망이 없는 스산한 관계를 그렇게 또 한 번 연명하기로 선택했는지 도저히 이해되지 않았다.

"가족은 같이 살아서 가족인 거야. 가족이 떨어져 지낸다는 건 있을 수 없는 일이야."

어머니는 자신만만한 미소를 지으며 해인이 에두르게 표현

한 미국행 반대 의사에 해명하면서도 눈빛은 전혀, 요만큼도 웃고 있지 않았다.

그것이 어머니의 굴절된 애정 방식이었음을 당시의 해인으로서는 알 길이 없었다.

어른에겐
어른의 세계가 있다

실비아 플라스는 어린 두 아이를 남겨둔 채 가스 오븐에 머리를 박고 자살하고, 버지니아 울프는 신경쇠약을 앓다가 육십 세에 주머니에 돌을 가득 넣고 강으로 걸어 들어가 목숨을 끊었다고 했다.

다음 주 북클럽 토론용 책인 실비아 플라스의 『벨 자The Bell Jar』의 마지막 페이지를 덮으면서, 안나는 엄마가 만약 작가가 되었다면 더했으면 더했지 이보다 못하진 않았을 거라고 생각했다. 엄마가 번역가로 안착한 것은 천만다행이었다.

한국에 있을 때 친구들의 엄마들은 자신에 대해서는 신세 한탄을 늘어놓고 자학하면서도 자식들에게는 끝없이 희생하고 끔찍하게 위했다. 친구들은 자신의 못 다 이룬 욕망을 자식에게 투영하고 헛된 기대를 건다면서 엄마의 희생을 부담스러워하고 때로는 역겨워했다.

반면 안나의 엄마는 늘 자기충족 상태이거나 그렇지 않으면 어떻게든 충족된 상태로 만들고야 말았기 때문에 딸에게 아무것도 바라지 않았다. 자학은커녕 스스로를 사랑하는 것도 모자라 지독하리만큼 자기중심적인 인생을 살았다.

"너희 엄마는 좀 특별해. 멋있어."

친구들은 부러워했지만 자기 자신을 너무 사랑하는 사람들 역시 주변 사람을 힘들게 하기는 마찬가지였다.

*

안나는 미국의 이 고등학교로 전학 왔을 때 첫 몇 주간의 점심시간을 떠올렸다. 첫 주에는 점심을 아예 굶었는데 오후가 되면 어지러워서 수업 내용이 하나도 귀에 들어오지 않았다. 그 다음 주부터 학교식당이나 매점에서 샌드위치나 과자를 사서 학교 건물의 가장 외진 화장실을 찾았다. 아삭아삭 소리가 나면 곤란하므로 되도록 양상추 같은 채소가 들어간 음식은 피했다.

화장실에서도 맨 구석 칸에 들어가서 변기 뚜껑을 내리고 그 위에 앉아 소리 안 나게 빵 조각을 오물거렸다. 다른 아이들이 화장실로 들어오면 변기 물을 두세 번 내려 소리가 요란한 틈을 타서 허겁지겁 남은 음식을 입안에 쑤셔 넣었다.

그런 자신과 비교하면 해인은 학교에 제법 빨리 적응한 셈이었다.

낮잠을 자고 일어난 엄마가 기지개를 켜며 방문을 열고 나왔다. 배가 고프다고 말하는 그녀의 손에는 대학 동기 중 작가로 이름을 가장 널리 알린 친구가 쓴 소설책이 들려 있었다.

"어휴, 왜 이렇게 날이 갑자기 추워졌니?"

그녀는 부르르 떨면서 소파 위에 벗어 던져놓은 낡은 노르딕 패턴의 양모 카디건을 걸쳤다.

한국 최고 대학을 나왔다 뿐이지 스스로를 세상을 위해 적극적으로, 쓸모 있게 활용할 생각을 해본 적 없는 여자. 무엇을 하기보다는 그냥 존재하는 것에 만족하는 여자. 딸의 속을 어떻게든 뒤집어놓는 여자.

"애, 밥 안 먹니?"

엄마가 안나의 팔뚝을 툭 치고 지나갔다.

"나 아직 숙제 다 안 했단 말이야. 좀 기다려."

"그럼 마저 해. 내가 스테이크 만들게. 고기 먹고 싶었어."

엄마는 손가락을 다 덮을 정도로 카디건 소매를 늘어뜨리고 양팔을 비비적거리면서 부엌으로 건너갔다.

뉴욕의 초겨울 바람은 매서웠다. 창문을 꽁꽁 잠가도 찬바람이 스며들었고 보일러는 집 안을 충분히 따뜻하게 덥혀주지 못했다.

엄마는 잽싼 손놀림으로 오 센티미터 두께의 소고기 안심 두덩이를 팬 위에 올리고 소금과 후추만 가볍게 뿌려 미디엄레어로 구우며, 한 손에는 아까 읽던 소설책을 들고 다른 손으로는 레드 와인을 잔에 따라 마시면서 비틀스 노래를 흥얼거렸다.

한없이 게으르면서도 막상 뭔가 하면 신속하게, 잘, 여러 일을 한꺼번에 해낼 줄 아는 여자. 안나가 책을 좋아하는 것은 엄마의 유전자였지만 엄마는 안나가 어렸을 때 책 한 권 제대로 읽어준 적이 없었다. 자기가 읽고 싶은 책 읽느라 바빴으니.

안나는 숙제를 하다 잠시 멈추고 자기 엄마를 쳐다보았다. 언제나 꼿꼿한 자세에 허리가 곧은, 뒤태가 참 아름다운 여자였다.

해변에서의 그녀도 그랬다. 초등학교 여름방학 때 바닷가에 가면 엄마는 까무잡잡한 피부와 썩 잘 어울리는 가느다란 검정 비키니를 입고 해변을 휘젓고 다녔다. 다른 아줌마들이 위나 아래 아니면 위아래에 모두 덧옷을 걸치고, 그것도 모자라 선글라스에 모자까지 쓰고 파라솔 아래에 웅크리고 있는 모습과는 사뭇 대조적이었다.

엄마는 허리를 꼿꼿이 세우고 물가에 서서 바다를 고요한 눈빛으로 뚫어지게 바라보다가 그대로 혼자 으르렁거리는 파도 속으로 첨벙첨벙 뛰어 들어가 돌고래처럼 다이빙을 해서 더 깊은 곳으로 헤엄쳐 들어갔다. 가끔은 너무 깊은 곳으로 헤엄쳐 가는 엄마가 무서웠지만 안나 외에도 해변의 이름 모를 남자들이 엄마를 걱정하는 눈빛으로 지켜보고 있었으니 그리 걱정할 필요는 없었다.

그래도 한참을 머리만 둥둥 떠 있다가 그마저도 모습이 보이지 않으면 안나는 머릿속이 새하얘졌다. 어째 엄마와 딸의 입장이 바뀐 것 같기도 안 찼다. 원피스 수영복을 입고 싶어 하는 딸에게 굳이 비키니가 훨씬 예뻐서 샀다며 건네주는 위인이었다. 세상에, 가슴 납작한 초등학교 5학년짜리 여자애에게 비키니가 웬말인가.

안절부절못하는 딸은 아랑곳하지 않고 엄마는 실컷 수영을 즐긴 뒤 후련한 표정으로 물속에서 나와 안나 옆에 수건을 깔고 털썩 엎드려 수영복 브래지어 호크부터 풀었다. 태양이 본격적으로 내리쬐면서 안나도 바다에 들어가고 싶었지만 이런 엄마를 혼자 두고 갈 수는 없었다. 하는 수 없이 옆에서 꼼짝 않고 망을 보면서 엄마 등에 선크림이나 발라야 하는 신세였다.

해변의 이름 모를 남자들은 어김없이 어디선가 나타나 안나에게 다가와서 옆에 있는 '이모'의 신상을 슬쩍 캐물었다. 엄마는 이미 무방비한 상태로 달콤한 낮잠에 빠져 있었다. 딸이 곁에 없었다면 남자들이 업어 가도 모를 여자였다.

부모님 참관 수업 때 뒤를 돌아보면 거기에도 항상 엄마가 맨 앞줄 중앙에서 허리를 꼿꼿하게 세우고 만면에 미소를 띤 채 그날의 주인공처럼 서 있었다. 담임선생님과 한 번이라도 눈을 마주치려고 쭈뼛쭈뼛 애쓰는 단정한 정장 차림의 엄마들 사이에서 짧은 미니스커트 차림의 엄마는 혼자 둥둥 떴다.

엄마는 그것도 모르고 어떻게든 안나와 눈을 마주치려 애썼고 안나는 뒤돌아보지 않아도 그 과한 기운과 따가운 시선을 뒤통수로 고스란히 느꼈다. 하는 수 없이 안나는 고개를 돌려 엄마와 어색하게 눈을 맞춰주고 다시는 돌아보지 않았다.

다음 날이면 반 친구들 모두가 안나의 엄마에 대해 좋은 의미로든, 나쁜 의미로든 수군대고 있었다.

아빠가 없는 대신 집에는 성이 다른 이모들이 많았다. 주로 엄마의 대학 동창과 선후배들로 소설이나 시를 쓴다는 여자들이었다. 대부분 결혼을 하지 않았고 결혼을 해도 얼마 지나지 않아 다시 혼자 몸이 되어 돌아왔다.

중학생이던 안나가 학교에 다녀오면 집에서 번역 일을 하는 엄마 곁에는 늘 이모들이 있었다. 그녀들은 번갈아가며 엄마를 찾아와 자기 집처럼 지내다 갔다. 기쁜 일이 있거나 슬픈 일이 있을 때 잔뜩 장을 봐 와서 음식을 해 먹고 담배를 피우며 취하도록 술을 퍼마셨다.

그녀들은 모두 열렬한 비틀스 팬으로 〈사전트 페퍼스 론리 하츠 클럽 밴드Sgt. Pepper's Lonely Hearts Club Band〉를 마르고 닳도록 틀어대며 〈쉬즈 리빙 홈She's Leaving Home〉이나 〈어 데이 인 더 라이프A Day in the Life〉를 따라 부르기도 했다. 무슨 허영심인지 그녀들은 한국인의 비틀스 애창곡인 〈예스터데이Yesterday〉나 〈렛 잇 비Let It Be〉 같은 노래는 절대 따라 부르지 않았다.

"안나, 너도 이거 한번 마셔볼래?"

"담배 한 모금 피워볼래?"

안나는 취해서 반쯤 넋이 나간 이모들에게 대꾸도 하지 않고 고개를 절레절레 흔들고는 옆방으로 피했다. 소음이 훤히 들려도 다음 날 등교를 위해 이불을 머리까지 뒤집어쓰고 잠을 청했다.

안나가 다음 날 아침 맨 먼저 일어나서 교복을 입고 학교에 가기 전에 엄마 방 문을 살그머니 열어보면 담배 냄새와 술 냄새가 엉킨 악취가 코를 훅 찔렀다. 그녀들은 그리 넓지도 않은 방에서 헐벗은 채 이불을 같이 덮고 뒤엉켜 자고 있었다. 정오까지 저러고들 잘 것이 분명했다.

몸에 열이 많아 잠결에 늘 브래지어와 팬티까지 벗어 던지고 알몸으로 자던 이모가 지금은 개중 가장 유명한 소설가가 되었다. 엄마는 잊지 않고 멀리 미국에서도 그녀의 신간을 어떻게든 구해서 챙겨 읽었다.

"엄마가 직접 책을 쓰고 싶다는 생각은 안 했어? 같은 과 나와서 질투도 안 나?"

"아니, 전혀. 나는 이렇게 못 쓰니까. 난 잘 쓴 글을 읽는 게 좋아. 더 많은 사람들이 내가 재미있게 읽은 책을 같이 읽어주길 바랄 뿐이야. 막연히 하고 싶은 일보다 자기가 그럭저럭 잘할 수 있는 일을 하면서 사는 것도 괜찮아."

엄마는 진심으로 요만큼도 질투를 느끼지 않았다. 친구들이 쓴 소설책에 야한 장면이 있어도 자신이 읽고 나서 꼭 안나에게 읽어보라고 주면서 자기 친구 누가 쓴 거라고 거듭 자랑했다. 그녀들이 작가로 기반을 잡은 뒤 예전처럼 집에 찾아오지도 않고, 오더라도 술을 진탕 마시거나 헐벗고 잠을 자고 가지 않아도, 미국에 온 뒤로 자연스레 편지나 전화 통화가 뜸해져도, 엄마는 그녀들의 신간 소식을 접하면 자기 일처럼 기뻐했다.

"시간이 흐르면서 관계가 변하기도 하는 게 자연스러운 거야. 인간관계도 사람의 생명처럼 생로병사 주기가 있어."

엄마는 머리를 느슨하게 묶으면서 대수롭지 않게 말했다.

다른 사람들에 대해 여유로울 수 있었던 것은 엄마가 진심으로 필요로 했던 사람이 세상에서 오직 단 한 명이었기 때문일지도 모른다.

엄마는 그 남자를 따라, 그리고 안나는 엄마를 따라, 두 사람은 미국에 왔다. 엄마가 그 남자를 만나러 가는 날이 다가오고 있다는 것은 같이 사는 딸로서 너무나 알기 쉬웠다. 만날 약속이 잡히면 그때부터 엄마는 감정 기복이 심해졌다.

화사하고 밝은 옷을 꺼내 입기도 하고 사춘기 여자애처럼 마냥 들떴다가 단숨에 처지기도 하고, 멍하니 옆으로 누워서 벽만 바라보고 있기도 했다. 그러다 당일이 되면 이른 아침부터 콜택시를 불러 맨해튼까지 단숨에 날아갔다. 하루나 이틀 밤 혼자 자야 했던 안나는 냉장고나 찬장을 열어보고는 그 황폐함에 한숨이 절로 나왔다.

그 남자를 만나고 와서도 여운이 오래갔다. 며칠간 광산에 들어갔다 나온 광부처럼 꼼짝없이 누워만 있었다. 마감이 임박한 번역 일에도 손을 놓고 밥도 안 먹고 샤워도 안 했다. 현실로 다시 돌아오기까지 오랜 시간이 걸렸다.

그 남자를 한동안 못 볼 때도 있었다. 그럴 때면 사춘기 딸이 엄마한테 대드는 것처럼 엄마는 안나에게 괜한 짜증을 내고 시비를 걸었다. 둘이 생리 기간이 겹치기라도 하면 집 안 꼴이 난리도 아니었다. 싱크대에는 그릇이 쌓이고 소파엔 신다 벗어둔 스타킹이 걸쳐져 있고 빨래를 하도 안 해서 입을 옷도 없었다.

엄마라는 여자는 정말이지 하루하루 자기감정을 다독이고 그에 충실하게 사는 것 말고는 할 줄 아는 게 없는 여자였다. 딸인 안나가 봐도 너무 어처구니가 없어서 진지하게 항의를 하면 엄마는 자기 침대에서 딸에게 등을 돌린 채 죽어가는 목소리로 간신히 한마디 내뱉었다.

"어른에겐 어른의 세계가 있어. 너한테 너만의 세계가 있듯이……."

무슨 소리, 엄마는 어른이 아니라 어른인 척 살아가는, 자기밖에 모르는 '아이'잖아.

엄마는 데친 그린 빈즈와 구운 토마토를 곁들인 티본스테이크를 두 접시로 나눠 테이블에 올려놓았다.

"어서 와서 먹어. 너도 와인 한잔할래?"

"됐어요. 나 숙제한다니까."

스테이크용 칼로 쓱싹 썰어서 살코기를 한입 가득 집어넣고 몇 번 씹지도 않고 꿀꺽 삼키는 그녀는 식욕도 아이처럼 넘쳐나는 여자였다.

젖은 낙엽들의
무덤

　　　기다림은 기쁨이다. 누군가 나를 만나러 온다는 것도 기쁘지만, 내가 누군가를 기다리는 시간부터가 이미 그 사람과 함께 있는 것만 같았다. 안나는 약속 시간 전에 미리 도착해 책을 읽으면서 기다리는 것을 순수하게 기쁨으로 느꼈다.

　　그런가 하면 뛰어가는 게 기쁨인 남자아이도 있었다. 약속 시간에 늦은 것도 아닌데 항상 저만치부터 해인은 참 열심히도, 온 힘을 다해 뛰어왔다. 기다려준 사람에게 성의를 다하려는 것처럼.

　　해인은 안나 앞에 도착해서야 비로소 가쁜 숨을 골랐다. 입을 다물고 웃으면 눈 가장자리와 양쪽 뺨에 고양이처럼 주름이 몇 가닥 지어졌는데 안나는 그의 선한 미소를 보면 안심이 됐다.

그 모습이 또 보고 싶어서 안나는 파란색 털모자와 벙어리 장갑을 끼고 약속 시간보다 삼십 분 정도 일찍 와서 책을 읽으며, 겨울방학이라 인기척 하나 없는 학교 앞 벤치에 앉아 있었다. 뺨은 빨간 사과처럼 발그레 터서는 책을 읽다가 잠시 고개를 들어 둘러보고 다시 시선을 책으로 옮겼다.

"오래 기다렸어?"

해인의 입에서 김이 모락모락 났다.

"뭘 또 그렇게 뛰어와. 힘들게."

"네가 항상 먼저 와서 기다리고 있을 것 같아서."

바보, 내가 일부러 그런 것도 모르면서.

그날은 해인의 집에 놀러 가기로 한 날이었다. 안나가 강하게 원해서였다.

방학이었지만 때마침 해인의 부모님은 각자의 연구실로 출근한 터였다. 두 사람이 걸으며 지나치는 모든 집집 현관문에는 크리스마스 장식이 매달려 있었고 마당에는 루돌프 사슴 모형이, 나무에는 밤중에 불을 밝힐 크리스마스 일루미네이션이 장식되어 있었다.

정원과 길 앞 도로에는 아이들이 만들어놓은 눈사람이 햇살을 받아 조금씩 허물어져갔다. 길이 끝나는 마지막 집에만 유일하게 아무런 크리스마스 장식이 없었다. 미국인이 사는 집이 아닌 게 분명했다.

"여기야."

해인은 열쇠로 문을 열어 안나를 그 마지막 집 안으로 안내했다.

집에 들어서자 대리석 바닥에 원형 현관이 있었고 안쪽 정면으로 널찍한 거실이 보였다. 현관 가장자리에는 이 층으로 올라가는 나선형 계단이, 현관 중앙에 놓인 작은 탁자 위에는 화사한 백합이 화병에 꽂혀 있었다.

"집 정말 크다. 너희 집 현관이 우리 집 거실만 한데?"

안나는 호기심 가득한 눈으로 집 안을 찬찬히 둘러보았다. 해인은 괜히 얼굴을 붉히면서 변명처럼 대꾸했다.

"여긴 우리 집도 아니고 대학교를 통해 프랑스로 교환교수 간 미국인 교수 부부한테 가구들까지 그대로 빌린 거야. 아버지가 원래 알던 분이라 굉장히 좋은 조건으로. 우린 몸만 들어와 사는 거지. 어차피 길어야 삼 년이고."

거실에는 소파가 두 세트나 놓여 있었고 벽 한 면에는 벽난로가, 그 반대편에는 오디오 시스템이 설치되어 있었다. 남은 벽들은 고전적인 문양으로 짜인 책장으로 덮여 있었다. 집주인의 세련된 취향을 한눈에 보여주는 거실이었다.

"교수님들 집이라 뭐가 달라도 다르구나. 솔직히 부럽다. 엄마 아빠가 다 대학교수면 지적인 환경에서 자랄 거 아냐. 접하는 세상도 다르고."

"집에서도 서로를 박 교수, 이 교수라고 부르는 분들이야. 그게 어디가 지적이니?"

해인은 농담으로 받아넘겼지만, 안나는 해인이 그저 자신이 뭘 가지고 있는지 잘 모를 뿐이라고 생각했다.

해인의 방은 이 층 오른쪽 맨 끝에 있었다. 올라가는 계단 중간의 창문 밖을 내다보니 앙상한 나무들 앞으로 작은 수영장이 있었다. 물을 다 빼놓아 젖은 낙엽들의 무덤 같았다.

해인의 방에는 하늘색 줄무늬 거위털 이불이 덮인 싱글 침대와 커다란 오크 책상, 그리고 그 옆으로 같은 재질의 책장과 옷장이 놓여 있었다. 옷장 위에는 턴테이블과 LP판 케이스가 자리했다. 벽에는 무엇 하나 걸린 것 없이 깨끗했다.

"여자들 비키니 사진 포스터 같은 건 안 붙어 있네? 실망이다. 역시 넌 정상이 아니었어."

"안 붙여놨다고 좋아하지 않는 건 아니야."

해인이 씩 웃었다.

"너도 부모님이 두 분 다 일하셨으면 집에 혼자 있을 때가 많았겠다."

안나가 책상 위에 놓인 오르골을 돌리면서 물었다.

"응. 두 분 다 학교에 나가 계셨으니 아파트 열쇠를 목에 매달고 다녔지."

"후후, 나도. 엄마가 회사를 다닐 때는 주변의 회사 안 나가는 후배 이모들이 방과 후에 번갈아가면서 챙겨주긴 했지만 사실 딱히 해준 건 없어. 그 이모들은 요리도 못하고 초등학생을 어떻게 다뤄야 하는지도 몰라서 우리 집에 일거리나 공부할 것들을 가져와서 했어. 난 혼자 숙제를 하거나 학교 도서관에서 빌려 온 책을 읽고. 저녁에 엄마가 퇴근해서 오면 나보다도 그 이모들이 더 좋아했어. 엄마가 요리는 좀 했거든. 밥 해 먹고 술 마시고 밤새 이야기하면서 놀았지."

"낭만적이네, 히피처럼."

"나잇값 못하고 제정신 못 차린 여자들 사이에서 자란 것 치고는 이만하면 멀쩡하지?"

안나는 해인의 순진한 말에 피식 웃으며 침대에 그대로 벌러덩 누워버렸다. 해인은 조금 놀랐지만 티 내지 않고 책상 의자를 침대 앞으로 끌고 와서 거꾸로 돌려놓고 앉았다.

안나는 천장을 쳐다보면서 잠시 이곳이 아닌 다른 곳을 떠올리며 생각에 잠겼다.

"해인아, 너희 엄마, 아니 부모님 말이야. 아직 섹스 같은 거 하시니?"

"……."

해인은 당혹감을 침묵으로 숨겼다.

"우리 엄마는 해. 바로 이 순간에 하고 있을 거야. 엄마는 지금 남자 만나러 맨해튼에 갔어. 그래서 난 엄마가 언제 섹스를 하는지 알기 싫어도 저절로 알게 돼. 세상엔 모르는 편이 나은 것들이 분명히 있을 텐데 말이야."

"아……"

"너는 우리 모녀가 왜 아빠도 없이 이런 외진 동네에서 둘이 살고 있는지 이상하다고 생각한 적 없어? 좀 말이 안 된다고 의심해본 적 없니?"

"글쎄, 각자 집마다 사정이 있고 고즈넉한 동네에서 너희 어머니가 번역에 집중하고 싶으신가 보다, 생각했지."

안나는 한숨을 얕게 내뱉고는 눈을 감으며 피식 웃었다.

"실은 엄마의 남자가 뉴욕으로 전근 와서 엄마가 여기까지 따라온 거야. 순전히 사랑 하나 믿고. 그래, 그 남자는 따로 가족이 있는 사람이지."

"……많이 힘들었니?"

해인은 담담하게 물어보려고 애썼다. 안나는 고개를 절레절레 흔들었다.

"나도 잘 모르겠어. 이걸 힘들다고 표현해야 하는지. 다만, 엄마가 행복해지기 위해선 내가 불행해질 수밖에 없었어. 하지만 엄마가 불행해진다고 내가 행복해지는 것도 아니니까 어쩔 수 없었지. 방법은 딱 하나, 어서 빨리 어른이 되어 독립해서 도망쳐 나오는 것뿐."

안나는 쓴웃음을 짓고 두 팔과 다리를 쭉 뻗으며 스트레칭을 했다.

"그런데 말이야,"

그녀는 한 호흡 쉬더니 이내 말을 이었다.

"엄마가 행복한 모습을 보면 같은 여자인, 아니 딸인 내가 봐도 정말 눈부시게 아름다워. 나까지 덩달아서 행복하다는 착각이 들 정도로. 그래서 매번 난 엄마에게 져주게 돼. 이런 것도 다 자업자득이니까 불평할 순 없겠지."

"너는 정말 단단하고 강한 사람이야. 내가 너의 그런 점들을 얼마나 좋아하고 대단하다고 생각하는지…… 모르지?"

해인은 침대 머리맡으로 옮겨 앉아 엄마가 아이에게 하듯 안나의 볼록 튀어나온 이마 위에 손을 갖다 댔다.

"난 약한 곳투성이야. 네가 그렇게 볼 뿐이지."

"자신의 약한 부분을 인정하니까 강한 건데? 너의 약한 모습, 얼마든지 내게 보여줘. 친구로서…… 너를 좀 더 이해할 수 있게."

"나 더 깊이 알게 되면 이상한 애일지도 모르는데?"

안나가 눈을 치켜떴다.

"괜찮아. 사람들은 다 조금씩 이상해. 그래도 그 사람을 정말로 좋아한다면 그 사람의 가장 약하고 이상한 부분을 좋아해야 하는 거 아닐까?"

안나는 왠지 가슴이 벅차올라 해인을 자기 품으로 끌어당겼다. 그리고 그의 목을 두 팔로 감아 힘껏 끌어안고 놓아주지 않았다. 그의 목덜미에서 그리운, 살아 있는 살 냄새가 났다.

"힘 나. 고마워. 잘할게. 좋아해, 많이."

안나는 두 눈을 감고 잠시 그대로, 조금 더, 해인의 목덜미에 얼굴을 파묻고 있었다.

그의 곁이
좋았다

현관에 가지런히 놓인 여성용 갈색 부츠를 보고 혜진은 아들이 여자아이를 집에 데려온 사실을 알았다. 비스듬히 열린 문틈으로 훔쳐보고 그 아이가 한국 여자아이인 걸 알고 또 한 번 놀랐지만 사생활을 지켜줘야 한다는 미국식 이성을 떠올리고 그대로 소리 없이 내려왔다. 심장이 빠르게 뛰는 건 어쩔 수 없었다.

아들이 토요일에 미술반 아이들끼리 브루클린으로 스케치하러 간다고 했던 것은 명백한 거짓말이었다. 학교에서 있었던 일에 대해 좀처럼 얘기하지는 않았지만 자기 앞가림은 알아서 잘하는 아이여서 걱정할 만한 일은 없을 거라고 생각했다.

혜진은 아들의 절제력을 믿고 싶었다. 그렇다 해도 그간 이 아이는 몇 번의 거짓말을 해왔을까. 옆모습만 겨우 보긴 했지만 여자아이는 눈만 휑하니 크고 몸매도 볼품없이 깡마른 아이였다. 그럼에도 질투라고밖에 시인할 수 없는 감정에 가슴이 시큰거렸다.

혜진은 고등학교 시절 전교에서 다섯 손가락 안에 드는, 공부 잘하는 모범생이었다. 육체적으로도 조숙했는데 단순히 키나 가슴이 커서 교복이 안 어울리는 몸매가 아니라, 천부적으로 나른한 성적 매력이 흘렀다. 한창 공부해야 할 나이에 그런 매력을 가졌다는 것은 얼마간 인생이 거추장스러워진다는 의미이기도 했다.

혜진의 아버지는 대기업에서 일하다가 부장 시절에 인생 이모작을 해야 한다며 회사를 나왔다. 때마침 회사 경영난 초기로 명예퇴직을 할 수 있었고, 제법 짭짤한 퇴직금을 받고 나와 중견 사업체를 알차게 일구어냈다. 어머니는 사범대를 나와 줄곧 사립 고등학교에서 수학을 가르쳤다. 일견 두 사람의 직업은 평범해 보였지만 부모님은 둘 다 서울대 출신이었다.

혜진의 큰오빠도 같은 대학을 졸업해서 취직을 했고 작은오빠는 그 대학을 다니고 있었다. 부모님은 혜진이 다른 학교에 들어가리라고는 상상조차 하지 못했다. 혜진 스스로도 크게 문제없을 거라고 낙관했다. 그 일이 있기 전까지는.

고등학교 삼 학년 여름방학을 며칠 앞둔 어느 여름날, 대학교 이 학년이던 작은오빠 친구가 초저녁에 집에 놀러 왔다. 혜진은 집으로 돌아오는 길에 땀에 흠뻑 젖어 샤워하고 머리를 닦으며 욕실에서 나오다가 그들과 거실에서 마주쳤다.

"어머니는 오늘 퇴근 늦게 하신대."

작은오빠의 그 말은 대신 밥상을 차려내라는 명령이었다.

혜진은 순종적으로 저녁밥을 차려주었고, 학교 근처에서 자취한다는 작은오빠 친구는 별 대단한 반찬 하나 없는 소박한 가정식 백반을 정말 맛있게, 밥 한 톨 남기지 않고 싹싹 긁어 먹었다.

다음 날 학교가 끝나고 혜진이 언덕길을 걸어 내려가 버스 정류장으로 향하는데 오빠 친구가 거기 서 있었다.

"와, 정말 우연이네. 어제 보고 또 이런 데서 만나다니."

그 오빠가 다니는 학교와 이 동네는 멀기도 하거니와 우연히 이런 곳에서 만날 가능성은 거의 없었기에 혜진은 예민한 눈치로 그가 자신을 보러 여기까지 왔음을 단번에 알아차렸다. 이런 일이 예전에도 종종 있었기 때문이다. 그의 어설픈 연기가 귀여우면서 안쓰럽기도 했고 한편으로는 상대가 대학생, 그것도 명문대생이라는 사실에 조금 우쭐한 기분도 들었다.

아니나 다를까 그는 혜진에게 지난번에 맛있는 밥을 차려줘서 고맙다며 시간이 되면 지금, 맛있는 케이크를 사주고 싶다고 했다. 혜진은 건조하고 꽁한 친오빠들에 비해 자상하고 키도 훤칠한 그 오빠를 따라 인근 카페로 갔다.

그는 법학과 학생이었지만 답답하게 꽉 막히지도 않고 세상 돌아가는 이야기에 해박했다. 농담도 자연스럽게 할 줄 알았다. 혜진은 턱을 괴고 열심히 경청하다 보면 곧잘 입술 모양이 O 자가 되었는데, 그는 혜진이 자기 얘기에 감탄하면서 봉긋한 입술을 O 자로 벌릴 때마다 더욱 흥분했다.

오빠 친구는 작은오빠도 볼 겸 혜진을 집까지 데려다 준다며 함께 좌석버스를 탔다. 한여름 에어컨 바람이 너무 약해 두 사람의 맞닿은 허벅지에는 땀이 차올랐다. 그의 팔은 어느새 혜진의 등을 지나 허리를 슬그머니 감쌌다.

집에 도착해 작은오빠가 없는 걸 확인한 혜진은 불쑥 겁이 났다. 문 앞에서 혜진은 그의 눈을 똑바로 쳐다보지도 못하고 잘 가라고 인사한 뒤 문을 냉큼 잠갔다. 그러고는 숨을 죽이고 현관 렌즈로 바깥을 살폈다. 오빠 친구는 한참을 문 앞에서 고개를 숙이고 서성이다가 시계를 보더니 이내 터벅터벅 힘없이 계단을 내려갔다. 휴, 혜진은 안도의 한숨을 쉬고 곧바로 화장실로 달려갔다.

아까 그가 버스 안에서 허리를 만지작거릴 때 긴장한 탓에 속옷에 소변이 찔끔 샜다고 생각했는데 팬티를 무릎 아래로 내려 자세히 보니 처음 보는 끈적한 점액이 덩어리져 있었다.

며칠 뒤 오빠 친구는 혜진의 학교 앞 버스정류장에서 또 기다리고 있었다. 혜진은 멀리서 그를 발견하고 벌써 속옷이 젖는 느낌이었다. 작은오빠는 동아리 엠티를 가서 오늘 집에 없다는 걸 그도 알았을 것이다. 우연히 이 동네를 지나는 길이었다며 그는 또 집까지 데려다 주겠다고 했고 혜진은 그 뻔한 거짓말에 마다하지 않고 속아주었다. 머리로는 거절해야 한다는 것을 알면서도 몸이 말을 듣지 않았다.

근처 카페에서 지난번과 똑같이 초콜릿케이크와 우유를 먹은 것은 오로지 함께 좌석버스를 타기 위한 애피타이저에 불과했다. '두 번째'라는 것은 언제나 처음보다 한층 더 대담한 시도들이 더해지리라는 기대를 하게 한다.

그는 혜진과 나란히 좌석버스에 앉아 앞뒤 옆으로 다른 승객이 없는 것을 확인하고 혜진의 귓불에 대고 예쁘다는 말을 연이어 부드럽게 속삭였다. 교복 치마 위로 허벅지를 강하게 누르는데도 혜진이 아무런 저항을 하지 않자 이번에는 손이 치마 아래 허벅지로 향했다. 흠칫 놀란 혜진이 두 다리에 힘을 주고 오므리자 그의 손가락은 부드럽게 그 사이의 습기 찬 주변을 손가락 마디마디로 원을 그리며 어루만졌다. 혜진의 두 다리는 속수무책으로 힘이 풀려 그가 비집고 들어갈 틈을 허락했다.

혜진은 점점 얼굴이 달아올랐다. 입이라도 벌리고 숨을 잘게 내쉴 수 있기에 망정이지 그렇지 않았다면 밀폐된 좌석버스 안에서 소리를 질렀을지도 모른다. 혜진의 속수무책 표정에 그는 눈빛이 기분 좋게 풀리더니 이번에는 검지와 중지로 팬티 사이를 비집고 들어가 물줄기를 따라 내려가서 끈적이는 샘터의 입구를 찾아냈다.

혜진은 예리한 자극에 그제야 맞서면서 그의 손목을 거세게 잡아 세웠다. 그는 땅이 꺼질 것처럼 한숨을 내쉬고는 손가락을 묵묵히 습지에서 거두었다. 싫다는 말을 알아듣고 그 이상을 강요하지 않는 걸 보고 역시 좋은 대학 다니는 학생은 다르다며, 혜진은 자신의 결단과 오빠 친구가 보여준 여성에 대한 존중에 퍽 만족했다.

벌 받은 것은 혜진이었다. 정확히 그날 밤부터 그녀는 공부를 할 수가 없었다. 만약 그때 그 손을 저지하지 않았다면 어떻게 되었을까 상상하며 그가 다시 내 앞에 나타나면 이번에는 어떻게 해야 할지 너무 고민되어 토할 것만 같았다. 그 상상을 하는 도중에도 몇 번이고 속옷을 갈아입어야 했다.

다행히 그로부터 일주일, 오빠 친구는 혜진 앞에 나타나지 않았다. 안도와 아쉬움을 동시에 느꼈지만 혜진은 반년도 채 남지 않은 대입 준비를 원래대로 성실히 해나가기로 굳게 마음먹었다.

그런데 사흘 뒤 그 저릿했던 감각이 겨우 둔해져갈 무렵, 그가 내일 당장 군대에 끌려가는 사람처럼 힘이 쭉 빠져 어두운 표정으로 이번에는 아예 교문 앞에 서서 혜진이 나오기를 기다리고 있었다. 대체 얼마나 기다린 것일까.

두 사람은 얼굴을 똑바로 쳐다보지도 못하고, 서로에게 아무것도 묻지 않고, 사람들의 시선을 피해 조금 거리를 두고 앞뒤로 걷다가 좌석버스에 올라탔다. 옆자리에 그가 털썩 앉자 혜진은 너무 긴장해서 가슴이 터질 것 같았지만 그들 말고는 손님이 한 명도 없는 좌석버스 안에서 그는 혜진을 털끝 하나 건드리지 않았다.

두 사람은 버스에서 내려 혜진의 아파트 앞까지 걸어왔고 그날 그 시간, 집에는 아무도 없었다. 혜진은 고개를 푹 숙이고 고민에 휩싸였다.

'자물쇠를 가지고 있는 건 나지만, 사실 열쇠는 당신이 가지고 있어요.'

상황을 간파한 그가 먼저 말문을 열었다.

"들어가도 되니?"

혜진은 그제야 그의 얼굴을 정면으로 바라보며 입술을 O 자로 벌린 채 고개를 끄덕였다.

현관 바로 옆, 혜진의 방으로 그가 들어오자 혜진은 방문부터 잠갔다. 혜진이 방문에 달린 옷걸이에 책가방을 거느라 까치발을 하며 손을 위로 뻗자 잘록한 허리의 맨살이 드러났다.

그는 새하얀 허리를 뒤에서 숨 막히게 끌어안았다. 두 손으로 혜진의 풍만한 가슴을 더듬으며 하나씩 하나씩 교복 단추를 풀어갔다. 혜진은 엉덩이 사이로 뭉툭하고 단단해진 그의 성기를 느꼈다.

지난번 버스 안에서 그가 혜진의 손을 잡아끌어 청바지 지퍼 아래로 부풀어 오른 그곳에 갖다 댔을 때는 철사를 박은 것 같은 꼿꼿한 이물질에 감전될 것처럼 놀랐지만 실물을 마주하자 의연하게 그 존재를 받아들였다.

"오빠한테는…… 절대 말하면 안 돼요."

그것이 고작 너의 마지막 할 말이냐는 듯 그는 혜진의 옆머리를 쓸어 넘기며 긴장을 풀어주었다. 그는 혜진을 천천히 침대에 눕히고 하얀 두 다리를 부드럽게 벌려 그 사이에 얼굴을 파묻더니 키스를 했다. 혜진은 처음 느껴보는 이상한 기분에 숨이 넘어갈 것만 같았다. 그건 시작에 불과했다.

혜진은 그토록 커진 것이 자신의 부드러운 살 사이로 헤집고 들어와 그 안을 빠짐없이 꽉 채울 수 있다는 사실도 신기하고 놀라웠지만, 그보다도 살이 찢어지는 고통은 극히 찰나일 뿐 이내 쾌감에 전율하며 절로 비명을 지르게 되리라고는 짐작도 하지 못했다. 이따금 까진 애들의 성적 무용담을 전해듣기도 했지만 주로 누가 더 얼마나 아팠는지, 잘 버텨냈는지 같은 뻐근한 인내심 경쟁에 관한 것들이었다.

지금 혜진에게 벌어지는 일은 그녀가 한 번도 들어가보지 못한 감각의 제국이었다. 어쩌면 정말 좋았던 일들은 혼자서만 간직할 뿐, 아무하고도 공유하지 않는지도 모른다.

그 일이 있고 나서 오빠 친구는 다시는 학교 앞에 나타나지 않았다. 얼마 뒤 군대에 갔다고 들었다. 안도의 한숨을 쉬었지만 혜진의 몸에는 빈 공간이 하나 자리 잡았다.

그 다음 달, 매달 꼬박꼬박 날짜를 지키던 생리가 시작되지 않자 닷새 넘게 뇌가 얼어붙을 것 같은 공황상태에 빠졌지만 다행히 그것은 과한 흥분과 예민한 죄의식으로 생겨난 일시적인 호르몬 불균형일 뿐이었다. 임신했을지도 모른다는 생각에 느꼈던 막막한 공포는 열일곱 소녀에게는 너무도 강렬해서 정신을 놓아 벌인 단 한 번의 정사를 반성하고 후회했다. 그러나 그럴수록 섹스에 대한 생각은 보다 원초적이고 간절하게 몸속 깊은 곳에서 피어올랐다.

혜진은 결국 그해 말, 가족들과 동문이 되지 못했다. 그 아래 서열의 대학에 겨우 턱걸이로 들어간 그녀는 가족들에게 미안했지만 누구보다도 스스로에게 미안했다.

대학생이 되자 남자들은 더욱 대담하게 그녀에게 다가왔다. 사귀기 시작하면 그들은 금세 그녀를 학교 뒷골목 여관으로 데려가지 못해 안달이었다. '좋은 학교'가 아니어서 그런지 남자 애들은 대개 멍청하고 유치했다. 오점을 남긴 고3 시절을 다시 돌이키고만 싶었다. 자신에게 왜 이러나 싶어 아무리 더워도 단추는 하나 이상 풀지도 않았건만 그렇게 스스로를 지키면 지킬수록 오히려 더 짙은 성욕의 냄새를 자아냈다.

졸업하고 취직을 할까도 생각했지만 혜진은 대학원에 가기로 결심했다. 가족들이 모두 나온, 그리고 자신도 마땅히 갔어야 할 그 대학의 대학원에 어렵지 않게 합격했다. 인생은 서서히 제자리를 잡아가는 듯했다.

석사과정 마지막 학기에 지금의 남편 준모를 소개로 만났다. 같은 학교 다른 과의 박사과정을 밟던 사람이었다. 집안도 대대로 학자 출신이라 혜진네 부모님은 좋아했다. 그간 성性적으로만 접근하던 머리 나쁘고 자의식과잉 혹은 자존감 부족인 예전 학교 남자들과는 달리 안정적이고 자상했던 준모는 혜진을 성적인 탐구 대상보다는 지적인 동반자로 존중해주었다.

다섯 번째 데이트 때 준모는 영화를 보고 나오는 길에 남산 기슭에 있는 프랑스 레스토랑에 혜진을 데려갔고, 식사를 마친 뒤 커피를 마시면서 그녀에게 담백하게 청혼했다. 혜진은 눈을 내리깔고 고개를 끄덕였다. 그것은 혜진의 인생에서 꽤 옳고 자연스러운 일처럼 느껴졌다.

집에 데려다 주는 택시 안, 뒷자리에서 혜진은 준모의 손을 먼저 덜컥 잡았다. 준모는 흐뭇하게 웃으며 그녀의 손을 자기 품으로 끌고 와 양손으로 꼭 잡고는 내릴 때까지 놓지 않았다. 준모는 학교 일에 대해 두런두런 얘기하고 있었지만, 혜진은 당장 택시를 세워 어디 아무 데나 방이 있는 곳에 들어가서 준모와 미친 듯이 사랑을 나누는 장면만 상상하고 있었다.

혜진의 집 앞에 도착하자 준모는 점잖게 손을 놔주었다. 그러고는 따라 내리지도 않고 택시를 타고 그대로 가버렸다. 점잖은 그의 성격에 이러리라 예상했고 중매로 만난 사이니 어쩔 수 없는 부분이 있을 수밖에 없다고 이해하면서도 혜진은 형언할 수 없는 허탈감을 느꼈다. 곧장 집에 들어가고 싶지 않아 잠시 아파트 놀이터 벤치에 앉아 있다가 그네를 타면서 마음을 가라앉히려 했다. 그러다 경비 아저씨가 이 밤중에 누군가 하고 이쪽으로 다가오자 하는 수 없이 놀이터를 빠져나왔다.

여전히 흥분의 여진이 가시지 않아 집에 들어갈 수가 없었다. 이 기분을 어떻게 해서든지 가라앉혀야 했다. 택시를 잡아 가장 가까이 있는 특급 호텔로 향했다.

호텔 지하 일 층 구석에 위치한 바에서는 육중한 체구의 흑인 재즈 피아니스트가 듀크 엘링턴의 곡을 연주하고 있었다. 혜진은 블랙러시안을 마시면서 그날 일어난 일을 찬찬히 하나하나 되새기며 이렇게 인생의 한 페이지가 또 넘어가는구나 싶어

묘하게 감상적인 기분에 젖어 숨을 가늘게 내쉬었다.

'담배를 피울 줄 알았다면 이런 날 참 맛있었을 텐데.'

"무슨, 고민이라도 있어요?"

옆자리에 혼자 앉아 있던 사십 대 초반으로 보이는 남자가 고개를 기울이며 말을 걸어왔다. 모르는 여자에게 말을 자연스럽게 거는 세련된 행동이나 양복 셔츠와 넥타이를 매치한 센스나 아무리 봐도 평범한 직장인처럼 보이지는 않았지만, 그 남자가 어디서 무슨 일을 하든 오늘 밤의 혜진에게는 전혀 관심 없는 일이었다. 오늘 그녀는 공식적으로 한 남자의 여자가 되었으니까.

그쪽으로 생각이 미치자 혜진은 부쩍 자유로워진 자신을 느꼈다. 낯선 남자가 접근해 와도 오히려 경계심을 벗어던질 수 있었다. 혜진은 머리를 쓰윽 쓸어 넘기며 미소로 화답했다.

"고민은 아니고, 조금 놀라운 일이 있었어요."

남자는 호기심 가득한 눈빛을 반짝이며 스무고개로 알아맞히기를 시도했지만 번번이 일부러 실패해서 혜진을 까르르 웃게 만들었다. 두 사람은 딱 기분 좋을 만큼 더 마셨고, 혜진이 화장실을 다녀오는 동안 남자는 바에서 마신 술값을 모두 계산하고 위층의 호텔 룸까지 예약해두었다.

두 사람은 1506호실에 들어서자마자 서로의 옷을 거칠게 벗기고 씻지도 않고 체위를 대여섯 번 바꿔가며 섹스를 했다. 혜진은 세 번째 절정에 도달하자 더 이상은 못하겠다고 애원했고 남자는 콘돔을 재빨리 끼더니 한 방울도 흘리지 않고 한가득 사정을 했다. 기쁨도 안겨주고 뒷마무리까지 깔끔한 남자였다.

"그래서, 오늘 당신에게 일어났던 그 놀라운 일이 뭐길래?"

샤워를 마치고 나온 남자가 머리를 수건으로 털면서 물었다. 만족스러운 섹스를 하고 나면 남자와 여자는 절로 서로에게 반말을 하게 된다.

"어떤 남자한테 청혼받았어."

치마 지퍼를 올리며 혜진이 부드러운 목소리로 대답했다. 남자는 씩 웃으며 축하해주었다. 그러고는 자기 명함을 건네면서 생각나면 언제든 편하게 연락하라고 했다.

혜진은 호텔 방문을 닫고 나오면서 문틈에 명함을 끼워놓았다. 난생처음 자정을 한참 넘겨 귀가했지만 다음 날 아침 청혼 소식을 발표하자 부모님과 오빠들, 그 누구도 나무라는 사람은 없었다.

결혼하고 얼마 지나지 않아 해인을 가졌다. 해인을 낳고 얼마간은 육아와 박사과정 때문에 너무 힘들어서 척추로 부지불식간에 올라오던 뜨거운 충동을 느낄 겨를도 없었다. 그러나 아이의 세 번째 생일 케이크를 자른 다음 날부터 그 저릿한 욕망은 마치 기다리고 있었다는 듯이 시도 때도 없이 찾아왔다.

급기야는 연구실에서 늦게 퇴근하던 어느 날 밤, 함께 박사 과정을 밟던 유부남과 반주를 곁들여 저녁을 먹은 뒤, 인근 모텔에서 한 시간 반 동안 동물처럼 엉켜 있다가 열 시 무렵 각자의 집으로 돌아갔다. 아무 일도 없었던 것처럼.

다인의 사고가 있기 전에도 부부 사이에 섹스는 거의 없었지만 그럼에도 혜진은 처음 남편을 만났을 때부터 지금까지 그를 많이 좋아했고 학자로서도 존경했다.

그는 공부를 오래 한 남자들 특유의 허세나 권위적인 면도 없었고, 지적이고 신중했으며 자신만의 세계를 가진 매력적인 남자였다. 그가 동료 여자 교수나 여학생들에게 인기가 많다는 것도 알고 있었고 결혼 전 오랫동안 만나던 여자가 있었다는 것도 알았다. 여자가 고등학교밖에 나오지 못했다는 이유로 집안의 반대에 부딪혀 헤어지게 되었고, 그래서 홧김에 중매로 만나게 된 게 자신이라는 얘기도 돌고 돌아서 혜진의 귀에 들어왔다. 모두 개의치 않았다.

두 사람은 각자가 위치한 학계에서 인정과 존경을 받는 학자 부부로서 기득권 계층의 특권을 누렸다. 성性에 대한 갈망은 그에 비하면 시간이 지나면 휘발할 게 뻔한 의미 없는 충동일 뿐이라고 그녀는 생각했다.

기대를 배신하고 나이가 들수록 성욕이 혜진의 몸을 지배

해갔지만 어쩔 도리가 없었다. 가끔 충동이 너무 강렬해 버거울 때에만 탈 나지 않게 살살 달래는 수밖에 없었다. 나이가 더 들면 그것 역시도 언젠가는 사그라질 테니.

다인을 잃고 나서는 죄책감 때문에라도 잠잠해지는 시기가 예상보다 빨리 올 거라 생각했지만 오히려 반대로 죄책감과 수치심은 그 충동을 더욱 이상한 방향으로 부채질하며 몰아갔다. 그럴 때마다 그녀는 마음을 비우고 남자를 만났다. 남자는 마음만 먹으면 어디서든 쉽게 구할 수 있었다. 그런 짓을 하지 않으면 혜진은 여러 가지 의미로 견뎌낼 수가 없었다. 그게 아니면 그 짓을 대체할, 기댈 수 있는 다른 어떤 것을 찾아내는 수밖에 없었다.

희미한
미소

　서울의 아파트에서는 서로를 은연중에
피해 다녔지만 미국의 널따란 이층집에서는 그럴 필요가 없었
다. 세 사람은 저마다의 널찍한 방을 가지고 있었고 한국인 가
사도우미가 일주일에 세 번씩 와서 집안일을 도와주고 갔다.
　아무도 없는 거실에도 세 개의 스탠드가 항상 켜져 있었는
데 그것들을 자기 전에 끄는 것은 어머니 몫이었다. 어느 날부
턴가 거실 불이 꺼진 뒤 부엌 한쪽에 불이 켜지고 달그락거리
는 유리잔 소리가 들리기 시작했다.
　한동안 어머니는 부엌 식탁에 그렇게 혼자 앉아 있다가 이
층 계단을 걸어 올라왔다. 발소리는 하루하루 서서히 불안정
해졌다. 해인은 몇 번이나 부엌에 내려가볼까 생각했지만 그

모습을 자신의 두 눈으로 확인하기가 두려웠다. 발걸음을 돌려 아버지 방 문을 노크해봤지만 아버지는 일찍 잠이 들었는지 아무런 답이 없었다.

며칠 뒤부터는 밤늦게 어머니 방 문이 찰칵 잠기는 소리가 들렸다. 어머니가 아침에 침실에서 내려오는 시간이 점점 늦어져서 그나마 아버지와 마주칠 일도 없어졌다.

출근 준비를 마친 어머니와 스쳐 지나갈 때면 진한 향수 냄새 사이로 미세하게 알코올 냄새가 느껴졌고 눈에는 빨간 핏줄이 서려 있었다. 하지만 어머니는 뭐랄까, 슬프게도 참 기분이 좋아 보였다. 엄마가 행복해지면 자신이 불행해지고, 엄마가 불행해도 자신은 결코 행복해질 수 없다던 안나의 말이 떠올랐다.

다음 날 아침, 몸살 기운으로 식은땀을 흘리며 일어났는데 어머니의 차 볼보에 시동 거는 소리가 들렸다. 웬만해선 수업을 빼먹지 않는 해인이었지만 열이 너무 심해 학교 수업을 포기하고 그대로 더 자야겠다고 생각했다. 한참을 자다가 일어나 보니 어느덧 낮 열두 시가 훌쩍 넘어 있었다.

식은땀을 흘리고 자느라 온몸이 흠뻑 젖어 있었다. 이마를 만져보니 여전히 뜨거웠고 입에서는 핏기 섞인 단내가 났다. 몸이 안 좋아서인지 시큼한 냄새가 온 집 안에 감도는 것만 같았다.

학교에 빠지게 되면 보호자가 교무실로 전화를 해야 했다. 전화기를 겨우 침대 쪽으로 끌고 와 어머니의 연구실로 전화해봤지만 아무도 받지 않았다.

무거운 몸을 일으켜 침대 모서리에 한참을 걸터앉아 정신을 차리려고 애썼다. 창밖 커튼을 젖히니 겨울인데도 햇살이 비현실적으로 눈부셨다. 물을 마시려고 방문을 열고 나와 부엌으로 향했다. 내려간 김에 땀에 푹 젖은 파자마를 벗어 빨래통에 집어넣고 와야겠다고 생각했다.

이 층 발코니에서 아래를 내려다보는데 출근한 줄 알았던 어머니가 거실 소파에 누워 있었다.

'왜 이 시간에 집에 계시는 거지?'

어머니는 안경을 벗은 채 고통스러운 표정으로 아랫입술을 깨물고 있었다. 햇살에 더 하얗게 빛나는 어머니의 매끈한 종아리는 남자의 허리에 헐겁게 걸쳐져 있었다. 남자는 한 손으로는 어머니의 오른쪽 허벅지를 지탱하고, 다른 한 손으로는 젖가슴을 품으며 유난히 짙은 검은색 유륜 가운데의 꼭지를 꼬집었다. 남자가 다리를 벌리며 삽입할 때마다 쭈글쭈글한 자주색 살덩어리는 출렁였고 그것은 마치 통학 길에 무수히 떨어져 있던 반쯤 허물 벗은 밤송이 같았다. 어머니는 그의 움직임에 따라 몸을 진저리쳤다.

어머니는 아들의 존재를 감지했는지 근시인 눈을 희미하게 뜨고 해인을 향해 미소 지었다. 술을 또 마셨는지 흰자위의 핏줄이 더욱 도드라져 보였다. 그녀는 아들이 위층에서 자신의 정사를 지켜보고 있는데도 전혀 거북함을 느끼지 않았다. 마치 뭐가 부끄러워, 너의 몸은 바로 나의 이 몸에서 이런 짓을 해서 생겨나 태어났는데, 라고 말하는 듯했다.

이윽고 어머니는 멈출 줄 모르는 남자의 엉덩이를 부여잡고 몸을 그 남자에게서 빼냈고, 남자는 그것을 하나의 신호로 받아들여 이번에는 쿠션에 기대 누워 호흡을 고르던 어머니의 벌어진 입속으로 미끈거리는 자줏빛 성기를 집어넣었다.

남자가 어머니의 입안을 한 치의 틈도 없이 틀어막는 모습에 해인은 과거 여동생의 질식사가 떠올라 소름이 끼쳤지만 기우였다. 어머니는 입안 가득히 채워줘야만 겨우 숨통이 트이는 듯 황홀해했고, 그 황홀함은 이내 침샘을 자극하여 소파와 카펫 바닥을 더럽혔다.

어머니의 번들거리는 입가와 붙어터지도록 익은 얼굴에 그제야 만족한 남자는 충분히 발기된 성기를 입에서 빼내, 이번에는 그녀의 몸을 반대로 뒤집어서 납작 엎드리게 한 뒤 엉덩이 갈래 위아래를 혀로 애무하며 점막의 반응을 확인했다. 충분한 습기와 찰기를 확인하자 남자는 성기를 깊숙이 삽입해 몸의 중심을 잡더니 어머니의 머리카락을 갈퀴로 모으듯 움켜쥐었다.

남자가 두 손으로 머리채를 잡아당겼다가 풀었다가 줄다리기를 반복하면서 머리카락 뿌리의 신경 마지막 하나까지 자극하자, 어머니는 암말처럼 거친 콧김을 내뿜으며 몸의 모든 표면에 소름이 돋는 듯 부들부들 떨면서 머리와 엉덩이가 절로 무아지경으로 요동쳤다.

남자는 왜 해인의 존재를 눈치채지 못하고 있을까.

어머니는 왜 아들이 내려다보고 있어도 멈추지 않을까.

해인은 왜 바보처럼 얼어서 쳐다보고만 있는 것일까.

무의미한 질문이었다. 어머니는 해인에게 자신이 남자와 정사를 나누는 모습을 보여주고 싶었던 것이다. 그 전부터 이미 그녀는 깊이 병들어 있었다. 그것이 본래 자신의 모습이라고 알려주고 싶었던 것이다.

해인은 목이 메 아무 소리도 낼 수 없었다. 목이 답답하다고 느낀 것은 우연이 아니었다. 남자는 이제 어머니의 머리카락을 놔주는 대신 그녀를 다시 뒤집어 천장을 보게 하고는 두 손으로 거칠게 그녀의 목을 움켜쥐었다. 어머니의 목은 푸른 혈관이 투명하게 도드라질 만큼 하얗고 가늘었다. 남자의 두 손이 힘을 가할수록 어머니의 동공은 커졌고 신음은 절망과 희열 사이에서 낮게 울려 퍼졌다.

해인은 그 모습에 또 한 번 무릎이 후들거렸지만 얼마 안 가 그것 역시도 그녀가 원하던 것임을 알았다. 어머니는 스스로를 통제할 줄 알았고 경우에 따라서는 상대를 통제하는 데에도 능숙한 여자가 아니던가.

어머니는 목을 뒤로 젖히며 세상에서 가장 깊고 어두운 절정을 맛보았고 남자는 속으로 숫자를 세더니 정확한 시점에 어머니의 목에 가하던 압박을 풀었다. 어머니는 이보다 더 만족스러울 수는 없다는 듯이 여운의 신음을 내뱉으며 그 남자의 손가락을 하나씩 입안에 넣어 빨아댔다.

그녀가 여운을 조금 더 즐길 수 있게 해준 뒤, 이번에는 내 차례라는 듯 남자는 고개를 툭 떨구며 숨을 간신히 고르던 어머니의 둔부 안으로 들어가 사정없이 그것을 휘둘렀다.

점막과 점막이 밀착하는 소리, 땀과 체액과 괴이한 얼룩진 냄새로 거실이 가득 차자 참을 수 없는 현기증을 느낀 해인은 당장 계단을 뛰어 내려가서 저 남자로부터 어머니를 떼어내고 싶었다. 그러나 이 층 난간을 겨우 손으로 짚은 채 몸을 조금도 움직일 수 없었다. 열이 다시 오르면서 온몸이 두드러기가 난 것처럼 간지러웠고 땀이 비 오듯 흘러내렸다.

소리를 질렀다.

분명 소리를 목청껏 질렀다고 생각했는데 해인의 귀에는 아무 소리도 들리지 않았다. 대신 땀구멍으로 식은땀만 일제히 뿜

어져 나오면서 온몸의 잔털만 예민하게 곤두섰다.

부르르 몸을 떨면서 해인은 영원히 끝나지 않을 것 같은 사
정을 하며 잠에서 깨어났다.

너의 곁에
있고 싶어

당시 도움을 받아야 했던 것은 어머니가 아니라 자신일지도 모른다고 해인은 생각했지만 아버지와 어머니가 합의를 본 것은 어머니의 입원 치료였다. 뉴욕 주 외곽에는 뉴욕 시에 사는 돈 많은 알코올중독자들을 위한 요양 시설이 많았다. 부모님은 차로 두 시간 거리의 한 곳을 선택했다.

"살면서 처음 제대로 쉬어보네. 뒷산에는 사탕수수밭이랑 파인애플농장이 있고 앞쪽으로는 해변이 오 분 거리에 있대. 돌봐주는 직원들 절반 가량이 석사 출신이라네. 현지 농장의 식재료로 만든 건강한 식사와 아침 명상, 옷도 유니폼이 아니라 마음대로 입고. 아, 그래도 금주 모임 같은 건 하겠지? 사람들이 삥 둘러앉아 자기 경험을 고백하고 이름 불러가며 격려

해주고……. 난 그런 건 종교 모임 같아서 정말 싫은데. 그래도 뭐 얼마 안 있을 거니까."

어머니는 해인에게 말을 하는 건지 혼잣말을 하는 건지, 계속 중얼거렸다.

"준비 다 됐어?"

아버지 목소리가 현관문 앞에서 쩌렁쩌렁 울렸다.

"네, 금방 내려가요."

해인은 한 손으로 트렁크를 들고 다른 손으로는 어머니의 손을 붙잡고 부축하면서 계단을 조심스럽게 내려갔다. 아버지는 출발하기 전에 어머니에게 신경안정제를 한 알 먹고 한숨 자라고 권했다.

"어차피 가서 매일 할 일이 약 먹고 자는 일일 텐데요."

그렇게 말하면서도 아버지의 말을 거슬러본 적 없는 어머니는 시키는 대로 물도 없이 알약을 삼키고는 크라이슬러 뒷좌석 오른편에 앉아 얌전히 안전벨트를 맸다.

"몇 달만 잘 지내고 있어, 아들. 내 걱정은 하지 말고."

다시 못 볼 것처럼 해인을 애잔하게 응시하는 어머니의 눈빛에는 분노의 감정이 도사리고 있었다.

'난 가고 싶지 않아. 어서 나를 차에서 빼내줘. 병원 같은 곳엔 가고 싶지 않아. 그건 다 거짓말이야. 난 그저 너의 곁에 있고 싶어…….'

그런 눈망울로 자신을 쳐다보는 어머니를 보노라니 해인은 가슴이 아파서 터질 것만 같았다.

아버지가 시동을 걸자 해인은 집 정문이 잠겼는지도 확인하지 않고 자동차 반대편으로 뛰어가 뒷좌석 문을 열고 어머니 옆자리에 몸을 실었다. 해인은 병원으로 가는 두 시간 내내 오른쪽 창문에 머리를 기대고 창백한 얼굴로 잠든 어머니의 손을 놓지 않았다.

입원을 하러 병원에 갔을 때 목격한 광경은 고급 종이에 인쇄된 브로슈어에서 어머니가 읽어준 우아한 설명과는 달랐다. 입원동의서에 서명하지 않으려고 버티며 볼펜을 집어던지는 육십 대 백인 남자와 옆에서 흐느끼는 부인과 딸, 그리고 그 남자를 완강하게 양옆에서 붙잡고 있는 괴력의 남자 간호사들.

그들의 문제가 겨우 진정될 무렵, 하얀 유니폼에 '레니'라는 이름표를 단 휜칠한 흑인 혼혈의 접수 담당 직원이 휴게실 소파에 불편한 마음으로 앉아 있던 해인의 가족에게 다가왔다. 하필이면 입원하려고 들어온 날 이런 모습을 보게 된 가족에게 레니는 아무렇지도 않다는 듯이 담담한 표정으로 말했다.

"조금 전에 소란스러운 일이 있었지요. 불편을 드려 죄송합니다. 하지만 너무 놀라지 않으셔도 됩니다. 가족들이 병원으로 환자를 억지로 데리고 올 경우에는 환자분의 저항이 있을 수밖에요. 하지만 미세스 박의 경우에는 입원을 자청하셨으니 틀림없이 긍정적인 결과와 함께 빠른 시일 내에 퇴원하실 수 있을 겁니다."

"미세스 박이 아니라 닥터 박입니다."

약 기운에 여전히 나른한지 해인의 어깨에 머리를 기대고 있던 어머니가 친히 자신의 호칭을 정정했고, 레니는 곧바로 죄송하다고 말하며 바로잡았다.

어머니는 가족의 동의하에 병원 스태프들에게 끌려와 결박당하는 환자들의 광경이 아주 익숙한 일상적인 풍경임을 바로 다음 날부터 알게 되었다. 그날 난동을 피우다가 결박당한 채 입원한 육십 대 백인 남자도 '닥터'였다.

크라이슬러가 속도를 내면서 집으로 향하는 동안 해인은 조수석에 앉아 침묵을 지켰다. 어둠이 가득한 차 안에는 글렌 굴드의 피아노 곡만이 울려 퍼지고 있었다.

"당분간 생활이 좀 불편해질 수도 있겠지만…… 아니, 사실 크게 불편할 일도 없을 것 같구나. 어쨌든 너무 감정적으로 받아들이지 말고 너한테는 무척 중요한 시기니까 중심 잘 잡도록 해라. 중독이라는 건 잠시 회복할 수 있을지는 몰라도 완치가 안 되는 불치병이야. 퇴원해도 그 뒤 일 년 동안 금주를 지속할 확률은 이십 퍼센트 정도밖에 안 된다는구나."

'좋은 게 좋은 거다'라는 식의 듣기 좋은 말은 원래 하지 않는 아버지지만 이런 상황에서 아내의 병을 객관화해 말하는 것에 해인은 확 질려버렸다. 아버지는 이 정황을 어머니가 자신의 나약함을 감당하지 못해서 벌인 일, 결국에는 스스로 책임져야 하는 일이라고 가혹하게 바라보았다.

"아버지는 어머니가 걱정도 안 되세요?!"

해인이 울컥해서 겨우 내뱉은 말에 아버지는 잠시 눈을 움찔했지만 아무 대답도 하지 않은 채 밤길 운전에만 집중했다.

"참, 입원하고 두 달 뒤부터 면회할 수 있다고 하더라. 시간 금방이다. 그리고 네 엄마 얘기는 주변에 하지 않도록 해라. 이런 집안 이야기는 해서 좋을 게 없다. 누가 물어보면 서울 외가에 갔다고 적당히 둘러대면 돼. 어차피 사람들은 남의 얘기에 관심도 없으니까."

어차피 어머니의 병에 대해 알아도 아무도 관심 없을 거라는 말은 참 쓸쓸하게 들렸다.

"가족은 같이 살아서 가족인 거야. 가족이 떨어져 지낸다는 건 있을 수 없는 일이야."

해인은 기어코 아버지를 따라 미국으로 왔을 때 어머니가 했던 말이 떠올라 가슴이 미어졌다. 그녀의 말대로라면 우리는 한동안, 어쩌면 더 이상 가족이 아니다. 오른쪽 창에 이마를 기대며 해인은 소리 없이 흐느꼈다.

두 달 뒤, 해인이 어머니를 면회하러 갔을 때, 어머니는 알코올 대신 초콜릿에 중독되어 있었다. 날렵하다 못해 뾰족하기까지 했던 턱 선은 이중으로 늘어지고 몸 군데군데 군살이 붙어 있었다. 집에서 가져온 옷은 그새 작아져 병원에서 파는 헐렁한 옷을 사 입고 있었다. 무엇보다도 가느다랗던 손이 중년 여자의 두툼한 손으로 바뀌어 있었다.

아버지는 해인을 병원 앞에 내려주고 다른 볼일을 보러 간다며 차에서 내리지도 않고 가버렸다.

"왜 너 혼자 왔어……?"

면회실 소파에서 만난 어머니는 다짜고짜 물으며 아빠를 애타게 기다리던 어린 딸처럼 실망한 기색이었다.

해인은 가능한 한 어머니에게 상처 주지 않기 위해 아버지 차에서 내려 면회실로 걸어오기까지 면밀한 변명거리를 짜냈지만 어머니는 들은 척 만 척 계속 시무룩했다.

"그래, 그건 그렇고…… 아버지랑 둘이서 어떻게 지내고 있니?"

그렇지 않아도 조용한 집은 더욱 고요에 휩싸였다. 예전처럼 인근 마을에서 한국인 아주머니가 사십 분을 버스 타고 와서 일주일에 세 번 청소와 세탁, 저녁을 해주고 갔다. 음식 솜씨가 딱히 훌륭한 건 아니었지만 어쨌든 아버지와 아들은 끼니를 해결할 수 있었고 무엇보다 그녀의 미덕은 쓸데없이 말을 붙이거나 집안 사정에 관심을 갖지 않는 무던하고 진중한 성격이었다. 수다를 떨거나 참견하기 좋아하는 한인교포사회에서는 보기 드문 유형이었기에 해인과 아버지로서는 불평할 이유가 없었다.

어머니가 입원한 지 한 달쯤 지났을 무렵 해인은 직접 살림을 돌보겠다고 자청하고 나섰다.

열여덟 살 생일을 맞이하면서 그는 대부분의 집안일을 할 수 있게 되었다. 요리책을 보면서 혼자 간단한 한식 반찬이나 양식 일품요리를 만들고 청소기로 카펫과 대리석 마루를 분리해서 청소했다. 더러워진 옷가지는 색깔별로 세탁하고 저녁에는 두 사람이 먹을 식사를 차려내고 식사 후엔 바로 설거지를 했다.

아침에는 평소보다 좀 더 일찍 일어나 학교 가기 전에 미리 침대를 정리하고 간단하게 시리얼이나 사과라도 꼭 챙겨 먹으려고 신경 썼다. 아버지는 진즉에 출근한 뒤였다. 저녁이 되면 아침에 정리해놓은 침대 안으로 들어가 혼자 잠이 들었다.

아버지도 어머니가 없다고 딱히 불편해 보이지는 않았다. 자신의 옷가지는 스스로 다림질했고 아침도 알아서 챙겨 먹고 출근했다. 여전히 부자간에는 필요 이상의 대화를 나누지 않았고 저마다의 익숙한 고독 속에서 시간을 보냈다. 해인은 예전처럼 아버지에게 공부에 관해 질문하려고 서재 문을 두드리지도 않았다. 아버지의 냉철하고 감정이 배제된 단호한 어투를 감당할 자신이 없었다. 지금 정도의 거리가 아버지와 아들이 암묵적으로 구현할 수 있는 최선의 공존 방식이었다.

하지만 가끔 침대에 누워 잠이 올 때까지 천장을 멍하니 보고 있노라면 이제는 익숙해질 법도 한 고독이라는 감정이 해인의 심장을 납덩이처럼 짓눌렀다. 때로 일시적인 과호흡 증세도 느꼈다. 그럴 때는 황급히 몸을 일으켜 책상 맨 아래 칸에 넣어둔 비닐을 꺼내 입을 틀어막고 숨을 들이쉬고 내쉬면서 호흡을 안정시켰다. 마침내 호흡이 정상으로 돌아오면 겨드랑이와 등이 식은땀으로 흥건했다.

그때마다 해인은 자신의 인생이 얼마나 외로움으로 가득 차 있는지 사무치게 느꼈다. 그 당연한 사실을 외면하고 살았던 스스로가 싫어질 때면 한밤중이라도 찬물로 샤워를 해야만 다시 겨우 잠들 수 있었다.

욕실에서 나오다 아버지 방의 문이 조금 열려 있을 때면 슬그머니 엿보기도 했다. 보통은 시체처럼 똑바로 누워 턱 아래까지 이불을 끌어올려 가지런히 덮고 자던 아버지가 언젠가부터 새우처럼 몸을 휘어 웅크린 채 자고 있었다. 이불은 돌돌 말려 허리 옆에 뭉쳐져 있었다. 어렸을 땐 새로운 세상을 향한 창을 열어주는, 신비하고 진귀한 것들로 가득 찬 보물섬 같던 아버지의 서재가 이렇게 퀴퀴하고 숨이 탁 막힐 것처럼 비좁게 느껴질 줄은 몰랐다.

해인은 까치발로 서재에 들어가 이불을 목 아래까지 반듯하게 덮어주고 서둘러 방을 빠져나오면서 아버지와 비슷한 모습으로 자고 있을 어머니를 떠올렸다. 하지만 어렸을 때처럼 눈물이 절로 흘러내리는 일은 더 이상 없었다.

해인은 어머니 없이도 별일 없이 잘 지내고 있다는 것과 어머니가 없어서 너무 불편하다는 것을, 어느 쪽도 섭섭하게 들리지 않도록 균형 있게 설명하려 애썼다. 다만 가사도우미를 그만두게 했다는 것은 말하지 않기로 했다.

"해인아, 너 내 부탁 잊지 않았지?"

어머니는 몸을 앞으로 숙이며 물었다.

"네, 카메라 갖고 왔어요. 그런데 카메라는 왜요?"

해인은 복잡한 표정을 지으며 배낭에서 카메라를 꺼내 테이블 위에 올려놓았다.

"부탁이 있어서 그래. 내 초상화…… 그려줄래?"

"네?"

"오해하지 마. 난 아직도 네가 대학에서 미술을 전공하는 건 탐탁지 않아. 하지만 그건 그거고 아들이 그려준 내 그림이 갖고 싶어졌어. 나도 이제 곧 사십 대 중반인데 시간이 더 흘러가기 전에 내 모습을 남겨놓고 싶어."

"지금…… 모습을 찍어서요?"

어머니가 슬프고 부끄러운 표정을 지으며 잠시 눈의 초점이 흐려지다가 대뜸 예민하게 목청을 높였다.

"왜, 이상해? 지금 이게 내 모습이니까 그대로 그리는 게 맞지. 못생기면 못생긴 대로 살찌면 살찐 대로."

어서 찍어, 라는 듯 그녀는 소파에 등을 기대고 두 손을 얌전히 무릎 위에 올려놓았다.

"알았어요, 잠시 그대로 계세요."

해인은 마음이 무거웠지만 카메라를 들고 일단 몇 컷 찍었다. 긴장을 풀어주려고 우스갯소리도 하고 포즈를 다르게 취해보라고도 했지만 면회실에 있던 환자들이나 간호사들이 이쪽을 힐끗힐끗 쳐다봐서 긴장했는지 어머니는 표정이 점점 더 굳어지기만 했다.

"아, 역시 무리다. 관둘까 봐."

어머니는 민망해하며 자리에서 일어나더니 손바닥으로 부채질하며 상기된 얼굴을 식혔다. 그러고는 다시 소파에 앉아 이제야 생각났다는 듯이 웃옷 호주머니에서 초콜릿을 꺼내 은박 포장을 벗겨서 입에 넣고 혀로 굴렸다. 서서히 표정이 누그러졌다.

"그러고 보니 사진 찍히는 것도 정말 오랜만이네. 그래서 더 창피했나 봐."

어머니는 점점 표정이 밝아졌는데 아마도 초콜릿 때문인 것 같았다.

찰칵.

찰칵, 찰칵.

"어머, 지금 나 찍은 거야?"

어머니는 깔깔대며 웃었다.

찰칵, 찰칵, 찰칵.

어머니 입가에 초콜릿 자국이 있어도 상관없었다. 어떤 이유로든 어머니의 웃는 모습이면 충분했다. 해인은 가슴이 미어졌지만 계속 셔터를 눌렀다. 그 순간만큼은 어머니가 소녀처럼 사랑스럽게 느껴졌다.

"네, 이 정도면 충분히 그림 그리기에 좋은 사진이 나올 것 같아요. 표정 참 좋았어요, 어머니."

해인은 활짝 웃고 고개를 끄덕이면서 어머니를 안심시켰다. 어머니는 점심식사 후 먹은 처방약 때문인지 갑자기 졸음이 쏟아지는 모양이었다.

"쉬셔야 할 것 같은데 전 이만 가볼게요."

"그래."

어머니는 구차하게 아들을 붙잡지 않았다.

그녀는 해인에게 다가가 이젠 자기보다 훌쩍 커버린 아들을 온 힘을 다해 껴안았다. 해인의 키가 어머니를 넘어선 이래 어머니가 먼저 안아준 것은 처음 있는 일이었다. 어머니는 깊은 한숨을 내쉬고 아들의 옆머리를 쓸어 넘기더니 귓불에 대고 힘을 내서 한마디 한마디 이어갔다. 단어들이 도중에 툭툭 끊어졌다.

"나의 아들…… 모든 걸 잊어버려. 다 잊어버려……. 네가 미웠던 적도 있었고…… 너를 안고 같이 뛰어내릴 생각도 했지만…… 너는 잘못이 없었어……. 난 다 알아…… 넌 잘못 없어. 내가 잘못해서 내가 이렇게, 이렇게 벌을 받는 거야……. 당연한 거니까 나는 괜찮아. 정말 괜찮아."

면회를 다녀온 날 밤, 잠옷으로 갈아입고 침대에 눕자 천장에 여러 모습의 어머니가 나타났다 사라졌다. 어렸을 적 차갑게 등을 돌리던 어머니. 박사 학위를 따고 검은색 졸업 가운을 입은 어머니. 여동생 장례식 때 검정 상복을 입은 어머니. 한국과 미국에서 술 냄새를 풍기던 어머니. 병원에 가지 않겠다고 아버지에게 울부짖으며 애원하던 어머니. 결국 병원에 들어가겠다고 흐느끼며 아버지에게 항복하던 어머니. 못 알아볼 정도로 살이 부어오른 어머니. 유방과 체모가 다 드러난 채 고통과 희열 사이에서 진저리치던 꿈속의 어머니.

그 모습을 떨쳐내려고 눈을 감으면 이번에는 여동생이 나타났다. 까르르 참 잘도 웃던 그 아이. 사람 손도 안 타고 낯도 안 가리고 거저 자라줘서 일하는 엄마 잘 도와준다며 주변 어른들의 칭찬과 안쓰러움을 한 몸에 받던 순한 아이. 동공이 커지면서 터질 것처럼 공포에 질려 있던 어여쁜 얼굴. 애벌레처럼 천으로 돌돌 쌓여 살아 있을 때보다 한결 작아 보이던 사체. 그 아기가 지금 살아 있었다면 되어 있을, 절로 상상되는 어떤 소녀의 모습.

해인은 연필로 소녀의 입술 위 솜털까지도 구현할 수 있었다. 책상 서랍 두 번째 칸 맨 구석에 숨겨둔 스케치북에는 그렇게 매년 조금씩 성장하고 번식해가는 아기와 소녀들이 숨을 죽이고 해인과 더불어 살아가고 있었다.

그녀가 행복하면
내가 불행해진다

　　엄마는 부엌 조리대 앞에 서서 조지 해리슨의 〈섬싱Something〉을 흥얼거리며 평소처럼 늦은 주말 점심을 만들고 있었다. 안나는 부엌 식탁에서 숙제를 하면서 특별하고도 불길한 어떤 느낌을 감지했다.

　엄마는 낮잠을 더 자주 자고 책상 앞에 앉아 있는 시간보다 산책을 하거나 소파에 누워서 소설책 읽는 시간이 길어졌다. 무언가 고민거리가 생긴 것이다. 사랑하는 사람과 도저히 헤어질 수 없어서 무작정 그 남자를 따라 뉴욕으로 이사 간다는 말을 듣고 아연실색했던 그날이 절로 생각났다.

　안나는 자신의 예민함을 저주했다. 불안한 예감은 대개 틀린 적이 없었으니까.

"너도 한잔 마실래?"

엄마는 냉장고에서 차가운 캔맥주를 꺼냈다.

"됐어요. 나 지금 숙제한다니까."

일단 가능한 한, 이 상황을 피하기로 한다.

고등학생 딸한테 대낮부터 맥주를 권하는 엄마, 그런 엄마를 사랑하지만 증오했다. 어서 독립해서 혼자 살고 싶었다.

남들은 이때가 청춘이니 자유니 하지만, 고작 이런 게 자유라고 받아들일 순 없었다. 이 나이는 분명 과대평가되어 있었다. 나이가 들어도 이 시절을 돌아보며 그리워할 것 같진 않았다.

딸이 상대를 안 해주자 엄마는 시무룩해져서 자기 방으로 들어가버렸다.

"그래, 그럼 숙제 다 하고 프라이팬에 있는 오므라이스 챙겨 먹어."

엄마는 방에 들어가서 또 침대에 드러누운 것 같았다. 아무 소리도 들리지 않자 다시 잠이 들었나 싶어, 안나는 하던 일을 멈추고 볶음밥을 데우고 계란부침을 올려 케첩을 뿌려 먹었다.

혼자 밥을 먹다 보니 건너편에 앉아서 같이 밥을 먹던 해인의 모습이 눈에 어른거렸다. 엄마가 뉴욕 시로 외출하는 날이 뜸해지면서 해인이 집에 놀러 오는 일이 줄었다. 그렇지 않아도 요즘 바쁘고 지쳐 보였는데, 해인이 보고 싶었다.

그날 해인의 집에서 벌어졌던 일을 회상하며 안나는 새삼 눈 아래가 거뭇거뭇해지고 뺨이 달아올랐다. 분명 해인의 말에 감동받아 우정의 표시로 먼저 껴안은 것은 자신이었지만 해인의 눈빛이 갑자기 달라진 것도 사실이었다.

해인은 어린아이처럼 안나의 품으로 파고들어 보채듯이 살냄새를 가슴 깊이 들이마셨다. 그러고는 안나의 입술을 찾았다. 메마른 방의 공기에 건조해진 그의 거친 입술이 딸기향 립글로스를 바른 그녀의 입술을 거침없이 감쌌다. 두 사람은 그대로 눈을 감고 한동안 서로의 입술을 탐했다.

해인은 잠시 입술을 뗐다가 눈을 뜨고 안나와 눈을 맞추더니 이번에는 조금 더 조심스럽게 깊숙이 입술을 포갰다. 두 사람의 서툰 혀와 입술과 잇몸이 제자리를 잡고 서로를 찬찬히 탐색하기까지는 그리 오랜 시간이 걸리지 않았다.

입맞춤이 뜨거워질수록 안나의 몸은 매끈한 물고기처럼 해인의 품 안으로 빨려 들어갔다. 해인의 오른손이 안나의 몸 아래로 내려가 작지만 단단하게 치솟은 엉덩이를 어루만지고, 다시 올라와서는 스웨터와 바지 사이로 드러난 하얗고 보드라운 맨살을 쓰다듬었다. 어느 틈엔가 왼손이 위로 올라와 겨드랑이 살을 한 번 움켜잡더니 조금은 주저하면서 오른쪽 젖가슴의 밀도를 꼼꼼하게 살폈다. 그림 그리는 소년의 가늘고 기다란 손가락이 유두에 닿자 안나의 척추가 저릿하게 쭉 펴졌다.

안나는 입맞추던 해인의 얼굴을 잠시 밀쳐내고 콧등만 맞닿은 채로 미열을 가라앉히려고 했지만 어느새 자신이 먼저 못 참고 다시 그의 입술을 찾아 보챘다. 두 사람의 몸이 깍지 끼듯 딱 맞춰지자 몸의 중심이 옷을 사이에 두고 마찰을 빚어대며 불의 기운을 지폈다.

안나가 흥분과 망설임 사이에서 혼란스러워하던 그때, 아래층 거실에서 갑자기 서늘한 클래식이 들려왔다. 안나가 깜짝 놀라 걱정스러운 표정으로 해인의 얼굴을 쳐다보았다.

"……."

슈베르트의 현악 4중주 14번 〈죽음과 소녀Death and the Maiden〉가 거실에서 흘러나오고 있었다. 해인의 뜨거웠던 눈빛은 음악과 더불어 점점 서늘해져갔다.

"미안……."

안나는 해인의 말에 고개를 절레절레 흔들며 땀에 젖어 이마에 달라붙은 해인의 머리카락을 가지런히 정리해주고 마지막으로 아무 말 없이 두 눈을 감고 살며시 입을 맞추었다.

거실로 내려가면서 안나는 다시 한 번 젖은 낙엽들의 무덤인 수영장을 힐끗 보았다. 절로 마음이 서늘해졌다. 일 층에 내려오자 〈죽음과 소녀〉는 더욱 웅장한 기세로 울려 퍼지고 있었다.

"어머니가 일찍 돌아오신 것 같아."

해인은 계면쩍게 말하면서 안나를 조용히 문 앞까지 배웅

했다.

안나는 해인의 어머니가 궁금하기도 했지만 아까 침대에 서 있었던 일 때문에 왠지 마주하기가 부끄러웠다. 게다가 이런 방식으로 자신이 돌아왔다는 것을 알리다니 잘 이해가 되지 않았다.

마지막으로 되돌아본 거실의 정경은 처음 봤을 때와는 달리 깨진 거울처럼 흔들리고 낯설어 보였다. 이곳에 다시 초대받을 일은 없을 것이다. 어쩌면 평범한 가족이란 정말로 이 세상에 존재하지 않는 신기루 같은 것일지도 모른다.

그날에 대한 생각을 멈추자 해인이 더더욱 보고 싶어졌다. 그 마음을 꾹 누르고 안나는 몇 숟가락 남은 오므라이스를 마저 입안에 넣었다. 숙제를 끝마치고 설거지를 하는데 자는 줄 알았던 엄마가 문을 박차고 나왔다.

몸을 돌려 힐끗 보니 아까와는 달리 한결 안정되고 부드러운 표정이었다. 아니, 그녀는 조금 행복해 보이기조차 했다.

"안나, 엄마랑 얘기 좀 할래?"

온몸에 소름이 쫙 끼쳤다.

그녀가 행복하면 내가 불행해진다.

그녀가 불행해도 내가 불행해진다.

하지만 나는 더 이상 휘둘리지 않을 것이다.

괜찮을 것이다. 나는 괜찮을 것이다.

안나는 마음속으로 몇 번이고 되뇌었다.

그 남자와
그 여자

       '그 남자'가 자신의 생물학적인 아빠라는 것은 어려서부터 짐작하고 있었다. 그래서 엄마가 그를 계속 만나는 것이 결코 싫지 않았다. 아직도 서로를 정말 좋아한다는 뜻이고 변함없이 누구를 좋아할 수 있다는 것은 세상에서 가장 불가능해 보이는, 근사한 일이라고 생각했으니까.

   엄마가 그 남자를 만날 때는 『위대한 개츠비』에 등장하는 뉴욕 5번가의 호사스러운 플라자호텔 같은 곳에서 만나면 좋겠다고 생각했다. 촉감 좋은 새하얀 침대 시트와 보푸라기 하나 없는 깃털처럼 가벼운 목욕 가운이 있는, 최소한 우리 집보다는 훨씬 멋진 곳. 비밀은 기왕이면 근사해야 한다고 생각했다. 하지만 더 이상은 참을 수가 없었다.

그날 이후, 안나는 스스로를 용서할 수가 없었다. 그런 멍청하고 순진한 상상을 하다니.

"미스터 아룬?"

안나는 아파트 앞에서 대기하던 콜택시 기사에게 몸을 숙이며 물었다.

머리에 터번을 두른 중년 인도인 아저씨는 고개를 끄덕였다. 안나는 택시에 올라타기 전에 확실히 하기 위해 엄마 사진을 그에게 보여주었다. 그는 반사적으로 고개를 끄덕였고 어서 타기나 하라는 듯, 엄지손가락으로 뒷좌석을 가리켰다.

택시 안에서는 빠른 비트의 인도 최신 댄스음악이 흘러나오고 있었다. 안나는 심란한 마음에 음악을 꺼달라고 부탁했지만 아룬 씨는 알았다고 하고는 볼륨만 조금 줄였다.

안나는 콜택시 회사에 엄마를 맨해튼으로 태우고 간 택시 기사가 누군지 알아보려면 고생 좀 할 거라고 생각했는데 문제는 예상 외로 간단히 해결되었다.

"미스, 걱정 마세요. 그 동네는 작아서 아룬 씨 혼자서 거의 다 맡아 하니까요. 그 주소면 분명히 아룬 씨가 모시러 간 게 맞을 거예요."

도착하면 어떻게 할 것인지 그건 안나도 몰랐다. 이것이 진짜로 자신이 원하는 것인지도 알 수 없었다. 그 남자의 얼굴을 마주하면 무엇이든 할 말, 아니 따질 말이 나올 거라고 믿었다. 안나가 유일하게 알고 있는 것은 상황이 어떻게 전개되든 자신이 깊이 상처 받으리라는 것뿐이었다.

어렸을 때 그 남자가 엄마를 집에 데려다 주면서 현관 앞에서 가만히 자신을 쳐다보던 모습이 하나의 덩어리진 이미지로 여전히 기억에 남아 있었다. 그는 단 한 번도 집 안으로 들어온 적이 없었다. 그렇게 한참을 현관에서 안나의 얼굴을 쳐다보다가 퍼뜩 뭔가 생각난 듯 머리를 쓰다듬고 가버렸다.

그 남자가 구체적으로 어떻게 생겼는지는 하나도 기억나지 않았다. 다만, 이 남자가 나와 이어져 있는 사람이라는 것만 직감으로 느꼈다.

엄마에게 누구냐고 물으니 그냥 친구라고 둘러댔다. '그냥'이 무슨 뜻이냐고 다시 묻자 '그냥'은 정말 좋아하는 사람들 사이에 쓰는 말이라고 했다.

아룬 씨가 차를 멈춘 곳은 32번가의 후미진 골목에 자리한 중소 규모의 체인형 호텔 앞이었다. 고층 건물 사이에 레고 블록처럼 얇게 끼어 있던 그 호텔은 간판을 못 보면 정문을 지나치기 쉬울 만큼 존재감이 없었다.

팁과 함께 택시 요금을 내고 내리면서도 안나는 건물 앞에 서서 당혹스럽기만 했다.

"미스, 여기 맞아요. 그 아름다운 숙녀는 매번 저 호텔 안으로 들어갔어요."

아룬 씨는 택시 창문을 열어 다시 한 번 확신에 찬 목소리로 강조했다. 안나는 그 소리가 너무 듣기 싫었다.

호텔 정문에는 검정 제복을 입은 엄격한 도어맨 따위는 없었다. 혹시나 해서 검정 코트와 가죽 부츠로 어른스럽게 차려 입기까지 했는데 도어맨은커녕 프런트에도 직원이 안 보였다. 저 앞의 벨을 누르면 그제야 직원 전용문 뒤에서 사람이 나올 것 같았다.

하늘에서 눈발이 흩날리기 시작했다. 안나는 그 앞에서 머뭇거리며 안으로 들어갈지 말지 고민했지만 이내 그럴 필요가 없어졌다.

'그 남자'와 '그 여자'는 로비의 엘리베이터에서 걸어 나오고 있었다. 눈앞에 보이는 '그 여자'는 안나가 집에서 보던 '그 여자'보다 훨씬 더 아름다워 보였다. 진부하고 지루한 분위기의 이 호텔과는 어울리지 않게 화사하고 눈부셨다.

그 뒤로 '그 남자'가 보였다. 체크아웃을 하려고 네이비블루의 긴 코트 안쪽 주머니에서 장지갑을 꺼내던 남자는 새치가 희끗희끗 섞인 머리에 살며시 웃을 때면 한쪽 볼에 보조개가 움푹 파였다. 그 남자 역시 이 호텔과는 어울리지 않게 몸동작에서 세련되고 절제된 자신감이 넘쳤다.

체크아웃이 끝나자 그는 여자의 귓가에 조용히 무언가 속삭였고 두 사람은 공중전화기가 있는 구석진 공간으로 들어가 몸을 숨기고 숨 막힐 것 같은 포옹과 입맞춤을 나누었다. 그것으로도 모자라 뺨을 맞대고 서로에게 귓속말을 속삭였다. 그러고는 여자는 뒷문으로 사라지고, 남자는 이쪽 정문을 향해 걸어왔다.

안나는 더 이상 숨지 않았다.

그녀는 정문을 열고 걸어 나오는 그 남자 앞에 섰다. 남자는 자주색 목도리를 목에 두르면서 나오다가 자신을 응시하던 안나를 발견하고 멈춰 섰다.

"저 안나예요."

그 말에 그는 복잡한 감정이 얽힌 한숨을 내쉬고는 가까이 다가오더니 세상에서 가장 아름다운 소녀를 발견한 것처럼 안나의 눈을 황홀하게 쳐다봤다.

바로 그 눈이었다.

정황과 분위기는 기억해도 그 남자가 구체적으로 어떻게 생겼는지 생각나지 않았던 이유는 안나가 그와 똑같은 눈매를 가졌기 때문이었다. 자신과 너무 똑같아서, 거울을 쳐다보는 것 같아서 그의 얼굴을 기억할 필요조차 없었던 것이다.

크고 까맣고 상대의 마음 깊숙한 곳까지 꿰뚫어 볼 것 같은, 강인하면서도 투명한 눈빛. 그가 어린 안나를 시간 가는 줄 모르고 그렇게 쳐다보았던 것은 자신의 유전자에 대한 순수한 경이로움이었을 것이다.

그 남자는 기쁨과 슬픔이 묘하게 혼재된 미소를 지으면서 갑작스러운 재회에 무슨 말을 해야 할지 몰라 손으로 조용히 입술을 만지작거렸다. 눈송이는 점점 두꺼워지더니 둘 사이의 어색한 침묵을 흡수해갔다.

그는 아랫입술을 깨물면서 목에 두른 목도리를 안나의 휑한 목에 둘러주었다. 그의 온기와 애프터셰이브 향이 목도리에 배어 그대로 전해졌다.

당신이, 당신이 대체 뭔데 내 인생의 결정권을, 선택할 자유를 빼앗아가는 거야!

무슨 말이든 해보려고 했으나 입이 얼어서 아무 말도 할 수 없었다. 대신 안나의 손이 위로 올라가더니 자신과 지독히도 빼닮은 그 얼굴을 세게 내려쳤다.

철썩.

"……."

안나는 방금 자신이 무슨 짓을 했는지 아무런 자각도, 감각도 없었다.

"아주 잘했어."

흔들림 하나 없는 눈빛으로 그 남자가 부드럽게 말했다. 그는 좋아하는 소녀로부터 마침내 키스를 받은 소년처럼 손으로 뺨을 감싸고 어루만지며 미소 지었다. 그리고 안나에게 더 가까이 다가와 아까 '그 여자'에게 한 것처럼, 있는 힘껏 껴안았다.

당신은 왜 그렇게 내 꿈에 많이 나오는지, 왜 내가 꿈에서 깨어날 때마다 비참한 기분이 들어야 하는지, 자기감정에만 충실한 당신 때문에 누군가 결정적인 상처를 입은 건 아는지, 왜 자신의 인생이 당신의 인생과 명확히 분리될 수 없는지 따져 묻고 싶었지만 그의 뜨거운 포옹으로 안나의 정신과 육체는 단숨에 마비되고 말았다.

그 무기력한 상태가 풀리기도 전에 그는 안나를 길 한복판에 외로이 홀로 놔두고, 고개를 돌리고 저쪽으로 성큼성큼 걸어가 버렸다.

어젯밤부터 잔뜩 마음을 졸였던 안나는 한꺼번에 긴장이 풀려 옆 건물 입구 계단에 털썩 주저앉아서 두 팔로 머리를 감싸 안은 채 웅크리고 있었다. 다른 주州에서 뉴욕으로 관광 온 배 나온 아저씨 둘이 오리털 점퍼 위로 카메라를 목에 멘 채 마치 성냥 파는 소녀라도 발견한 것처럼 다가왔다.

"괜찮아요, 아가씨? 어디 아파요?"

"우리가 뭐 도와줄 거라도 있어요?"

그 말투가 너무나 순박해서 고마우면서도 역겨웠다.

눈물이 완전히 멈추자 안나는 여전히 근처에서 걱정하며

서성이던 아저씨들의 관심을 무시한 채 꼿꼿하게 털고 일어
났다. 그러고는 그랜드센트럴기차역을 향해 또각또각 힘차게
걸어갔다.

호출

　　　　　해인과 아버지가 연락을 받고 병원에 도
착했을 때 어머니는 격리실 침대에 두 팔과 두 다리가 엑스 자
로 결박되어 누워 있었다. 팔목에 난 상처에는 붕대를 감은 채
안정제를 투여받고 잠이 들어 있었다.

　간호사실 가장 가까이에 자리한 격리실은 자해를 막으려고
사방 벽이 스펀지 재질에 CCTV가 설치돼 있고 방 한가운데 덩
그러니 침대가 놓여 있었다. 어머니의 벌어진 입 가장자리에는
침 자국만 허옇게 말라 있었다.

　"최근 들어 해 질 녘이 되면 의식 혼탁이 심해지는 일몰후증
후군을 겪었습니다. 밤중에 소리를 지르거나 욕설을 하면서 화
장실 변기에 주저앉아 직원들을 호출하기도 했어요. 자기 전에

계속 안 좋은 생각이 들어서 힘들다고, 도와달라며 수면제를 더 달라고 애원하셨구요. 처음에 드린 약만 먹고 잠들 수 있게 노력해보라고 설득했지만……. 며칠 제대로 못 자서 신경이 일시적으로 예민해져서 그런지 뾰족한 물체로 팔목에 상처를 내고, 피를 보면서 또 한 번 발작을 일으켰습니다."

담당 의사는 사건 경위를 아버지에게 차분하게 설명했다. 해인은 어머니가 눈을 떴을 때 자신의 사지가 속수무책으로 결박되어 있는 것을 보고 어떤 느낌을 받을지 생각만 해도 끔찍했다.

"자해를 시도하면 다섯 명의 보호사들과 제가 긴급 투입돼서 환자를 안정시키고 결박합니다."

결박된 환자의 모습을 보면 보호자나 가족들이 감정적으로 몹시 흔들리는 것을 익히 아는 담당 의사는 결박이 처벌이 아닌 보호의 개념임을 논리적으로 설명하려고 애썼다. 수시로 상태가 호전되었는지 확인하고 환자가 안정되었다고 판단되면 결박을 바로 푸니 걱정하지 말라고 덧붙였다.

담당 의사는 해인의 어깨를 토닥였다.

"어머니 모습을 보고 너무 심란해하지 않았으면 좋겠구나. 이게 우리의 일과란다. 묶었다 풀었다 하는 것. 병이 나아지는 과정에 어쩔 수 없이 겪게 되는 일이라고 생각하렴."

의사에겐 늘 있는 일이니 가볍게 농담처럼 할 수 있는 말이었다.

　묶었다 풀었다 묶었다 풀었다
　묶었다 풀었다 묶었다 풀었다

　하지만 해인의 귓가에는 종일 그 구절만이 고장 난 기계처럼 불길하게 반복됐다. 그는 세상의 모든 농담이 농담으로 끝나는 것을 본 적이 없었다.

모두 다
사라지고

　　　　　　어머니를 위해 할 수 있는 일은 지금 자신에게 주어진 일상을 가능한 한 열심히 살고, 어머니 초상화를 그리는 것밖에 없었다.

　학교 공부는 이제 영어 실력이 부쩍 늘어 꾸준히 A학점을 유지할 수 있었고 살림을 돌보는 일도 손에 충분히 익었다. 사흘에 한 번 장을 보고 빨래는 주말에 몰아서 한꺼번에 했다. 청소는 아침에 일어나서 등교 전에 가볍게 끝내고 방과 후부터 저녁 식사 전까지는 미술실에 머물렀다. 윌슨 선생님은 아예 열쇠를 해인에게 넘기고 퇴근했다.

　캔버스 왼쪽 상단에 붙여둔 사진 속 어머니는 아무리 좋게 말해도 아름답다고는 할 수 없었다. 하지만 해인은 그토록 오랜 시간 집중해서 어머니의 얼굴을 본 적이 없었다. 처음에는 아프고 부은 모습의 어머니를 보는 것 자체가 고통스러웠다. 사진 속 눈빛은 '이런 나라도 사랑할 수 있겠니'라고 묻고 있었다.

"어머니들은 절대적인 존재야. 누가 뭐래도 아들에겐 언제나 세상에서 가장 아름다운 여자지."

해인의 머릿속을 꿰뚫어 본 것처럼 윌슨 선생님은 퇴근하면서 유화물감을 새로 짜고 있는 해인의 어깨에 가만히 손을 얹으며 말했다. 해인은 아무 말도 하지 않았고 선생님도 아무것도 묻지 않았다. 그에게 참 고마웠다.

미술반의 몇몇 아이들이 그의 캔버스를 힐끗거리며 지나갔지만 해인은 하나도 개의치 않았다.

아이들이 하나둘 집으로 돌아가면서 학교는 조용해졌고 해인은 그림을 그리는 데에만 집중할 수 있었다. 그때 복도 저만치에서 끼익 나무 바닥 소리가 났다.

'이 늦은 시간에 누구지? 미술실에 뭘 놓고 갔나?'

드르륵 안나가 문을 빼꼼 열고 고개를 들이밀었다.

"아, 드디어 찾았다. 여기 있었구나."

안나는 미술실 안으로 들어와 해인 앞으로 의자를 끌고 와서 맞은편에 앉았다.

"너한테 하고 싶은 말이 있어서 한참 찾아다녔어."

안나는 과장되게 심각한 표정을 지었다.

"미안한데…… 우리 나중에 얘기하면 안 될까? 내가 좀 급하게 해야 될 게 있어서."

해인이 그림을 그리던 캔버스를 이젤에서 내려 벽 쪽에 기대어 안 보이도록 뒤집어놓았다.

"뭐? 나 미술반 사람들이 다 나갈 때까지 저 앞에서 기다리고 있었단 말이야."

목소리에는 짜증이 약간 돋아 있었다.

"그러니까 내가 미안하다고 했잖아. 하던 일을 빨리 끝내야 해서 그래."

"그게 뭔데? 아까 그리던 거? 근데 왜 나 못 보게 뒤집어놓은 거야?"

안나는 팔짱을 끼고 해인 앞을 서성이며 상처 받은 마음을 추스르려 애썼다. 해인은 고개만 조용히 끄덕였다.

"그게 대체 뭐길래 못 보게 숨기는 거야? 아, 알겠다. 혹시 내 선물?"

안나는 이번에도 흥분을 과장해서 말했다. 해인은 힘없이 고개를 흔들었다.

"아, 그건 아니고 그냥…… 그럴 일이 좀 있어."

어차피 안나는 그럴 거라 기대도 하지 않았다.

"그런 건 상관없어. 내가 궁금한 건 지금 네가 하는 게 뭐가 그렇게 중요하길래 내 이야기도 못 들어주나 하는 거야."

해인은 여전히 묵묵부답이었다. 안나는 벌떡 일어나서 벽에 기대어 놓인 캔버스를 뒤집었다.

캔버스에는 낯선 중년 여자가 그려져 있었다. 헝클어진 단발머리에 핏기 서린 드센 눈매, 잔뜩 부은 얼굴에는 지루성 피부염이 번져 있었다. 안나의 표정이 절로 일그러졌다.

"……누구야?"

해인은 무표정하게 캔버스를 다시 이젤 위에 올려놓고 붓을 들었다.

"……누구냐고! 사람이 물어보면 대답을 해, 얼굴 보고!"

해인은 붓을 내려놓고 그제야 안나를 보면서 말했다.

"우리 어머니."

"어머니…… 어디 문제 있으셔? 아프신 분 같아."

안나가 캔버스에 붙은 사진을 떼서 자세히 살펴보려고 하자 해인은 거칠게 사진을 빼앗았다. 해인의 기습적인 행동에 안나의 가운뎃손가락 손톱 밑이 까져서 피가 났다.

"그래, 네 말이 맞아. 문제가 있어. 이 사진도 아주 문제 있는 사진이고. 그러니까 이 그림도 문제가 있는 거겠지."

말을 마치자마자 해인은 페인팅 나이프를 집어 들더니 캔버스를 대각선으로 두 번 길게 그어버렸다. 그림이 망가지고 방금 칠한 검은색 물감이 나이프에 덕지덕지 묻었다.

"왜 망가뜨려!"

"도저히 못 그리겠어."

"무슨 일 있었어……? 평소의 너답지 않아……."

"나다운 게 대체……"

해인은 목이 메어 말을 끝맺지 못하고 의자에 앉은 채로 두 팔로 머리를 감싸고 고개를 푹 숙였다. 창밖의 따스한 햇살이 그의 머리 위로 쏟아졌다. 매해 그래왔듯, 싱그러운 연둣빛 나뭇잎들이 만물의 소생을 알렸다.

안나는 해인에게 다가가 햇빛에 반사된 그의 머리를 가슴에 끌어안고 입을 맞췄다. 머리카락은 햇살을 듬뿍 머금어 한결 부드럽고 따뜻했다.

"해인아, 아까는 내가 잘못 말한 것 같아. 평소의 너답지 않은 지금의 네가 궁금해. 네가 나한테 했던 말 기억나니? 약하고 이상한 모습 보여줘도 괜찮다고 한 거. 사람을 정말로 좋아한다면 그 사람의 그런 부분을 좋아해야 하는 거라고 했잖아. 그러니까 말해줘, 너한테 무슨 일이 있었는지. 그리고 제발 나한테도 물어봐줘, 나에게 무슨 일이 있었는지."

안나는 해인의 머리카락에 부드럽게 또 한 번 입을 맞춘 뒤 그의 얼굴을 두 손으로 들어 올려 눈을 맞추었다. 해인의 서늘한 눈에서는 아무런 감정도 읽어낼 수 없었다.

"난 준비됐어. 차분하게 처음부터 말해봐."

안나는 해인이 입을 열 때까지 한참을 그 자세로 기다렸다. 마침내 해인이 눈을 감고 입을 열었다.

"안나, 난 지금 아무 말도 할 수가 없어. 그리고 미안하지만 솔직히 아무 말도 듣고 싶지 않아. 아니, 아무 말도 들리지가 않아."

안나는 급격하게 어두워진 표정으로 자리에서 일어나 한 발짝 뒤로 물러섰다. 눈두덩이 발갛게 젖어들었지만 우는 것만은 참고 싶었다.

"박해인…… 아까 나한테 물었지? 그래, 평소의 너다운 모습이 어떤지 말해줄게. 너는 말이야, 늘 그렇게 마음의 벽을 치고 있었어. 어른인 척, 관대한 척, 오빠인 척했지만 단 한 번도 진심으로 남에 대해 궁금해하거나 이해하려고 한 적은 없지. 자신의 약한 모습을 털어놓지 못할 만큼 자존심은 강하고 남의 약한 모습을 품어줄 만큼 관대하지도 못해. 넌 너밖에 모르고 너만의 안전한 세계가 흔들리는 게 싫은 거야. 왜인 줄 알아? 넌 처음부터 그럴 필요가 없던 애니까."

안나는 무너져 내리는 표정을 보여주기가 두려워 뒤돌아서 미술실을 나가버렸다.

해인이 마지막으로 본 안나의 표정은 너무도 슬프고 차가워서 자신이 그녀에게 얼마나 큰 상처를 입혔는지 가늠조차 할 수 없었다. 다만 이번에야말로 완전한 외톨이가 되었다는 감촉만이 온몸을 휘감았다.

해인은 이젤 위의 그림을 두 손으로 들어 바닥에 있는 힘껏 내던졌다.

내가 한
선택

"도와달라고 하면 이렇게 싹 빠져나간다니까."

베일리 선생님은 사다리를 타고 올라가 천장 꼭대기까지 닿아 있는 책장에 꽉 채워진 책들을 맨 윗줄부터 훑으며 투덜거렸다. 북클럽이 주최하는 봄맞이 책 벼룩시장에 내놓을 헌책을 선생님이 고르면, 밑에서 안나가 책을 받아 상자에 차곡차곡 넣었다.

"안나가 오늘 램프의 요정 지니구나."

"당연히 제가 도와드려야죠. 선생님 댁에도 한번 와보고 싶었구요."

안나가 사다리 아래에서 책을 받으며 싹싹하게 대답했다.

"보다시피 별거 없어. 그냥 책들과 먼지만 잔뜩 있지."

안나 눈에는 전혀 그렇지 않았다. 주로 독신자들이나 젊은 커플이 모여 사는 이 층짜리 빌라에 있는 베일리 선생님의 집은 많은 책들로 아늑하고 지적인 느낌이 가득했고, 벽 곳곳에 걸린 개성 있는 젊은 화가들의 그림이 집 안에 활기를 불어넣었다. 빌라 주민들이 공동으로 사용하는 파티오 모양의 정원도 정취를 자아냈다.

"전 선생님 집이 아주 마음에 드는데요?"

카키색 반바지에 졸업한 대학교의 로고가 새겨진 티셔츠를 입은 베일리 선생님은 앳된 대학생처럼 보였다.

"이 책장만 다 훑고 나면 아마 세 상자 정도 나올 것 같은데, 빨리 하고 점심 만들어줄게. 내가 만든 특제 샌드위치가 기다리고 있어."

한 시간쯤 흐르고 선생님은 이제 사다리를 치우고 바닥에 앉아 책장 아래쪽 칸을 훑어갔다. 안나도 그 옆에 앉아 책을 구경했다.

"지겹지? 이제 거의 다 끝나가. 점심 먹고 선생님이 집까지 데려다 줄게."

"아뇨, 하나도 안 지겨워요. 선생님 책들 구경하게 해주셔서 좋아요."

"그렇다면 천만다행이고. 너는 정말 책을 좋아하는구나."

그는 흐뭇하게 안나를 바라보았다.

"선생님."

"응?"

"저 몇 가지 질문이 있는데요, 솔직히 대답해주시겠어요?"

안나의 진지한 말투에 베일리 선생님은 눈을 끔뻑거리며 고개를 끄덕였다.

"선생님, 저한테 글 쓰는 재능이 있나요? 아니, 그러니까 나중에 작가가 될 소질이 있을까요?"

베일리 선생님은 대답을 하기 전에 잠시 생각에 잠겼다.

베일리는 방과 후 운영하는 북클럽 아이들이 제출한 글 중 안나의 글을 볼 때마다 마음이 복잡해졌다. 그녀의 글은 물론 또래 아이들에 비해, 그리고 외국인이라는 점을 감안하면 제법 잘 쓴다고 할 수 있었다. 하지만 그게 다였다. 글은 한마디로 평이했고 독자적인 매력이 없었다.

되레 베일리의 관심을 끈 것은 안나의 글에서 풍기는 어떤 갈망의 냄새였다. 안나의 강렬한 눈빛을 마주할 때도 느낄 수 있었다. 마치 문학적 재능은 없지만 갈망만은 버리지 못해 허덕이는 자신의 모습을 보는 것 같았다. 물론 안나는 자신과는 달리 아직 어리고 실력을 쌓을 시간도 있다. 그러나 분명 노력만으로는 넘을 수 없는 무엇이 있다는 것을 알 만큼 베일리는 나이도 들었고 냉철한 자기 객관성을 지녔다.

그래, 넌 최선을 다했어. 좋은 경험 했다고 치자.

타인이 나에게 위로해주는 말로는 괜찮다. 하지만 내가 나를 향해 던지는 말이라면 조금 문제가 있다. 왜냐하면 괜찮지 않다는 것은 그 누구보다도 나 자신이 잘 알기 때문이다. 이때 자기기만이나 자기연민만큼 도움되지 않는 것도 없다.

베일리는 학생들에게 '재능보다 노력이 중요하다' '노력으로 극복할 수 있다' 같은 착한 일반론을 말해줄 생각은 추호도 없었다. 냉혹한 현실에서는 재능이 뒷받침되어야 노력할 의욕도 생긴다. 그리고 재능이라는 것은 미안하지만, 결코 공평하지 않다.

"정말 솔직하게 대답해주셔야 해요. 이건 저한테 무척 중요한 문제니까요."

베일리 선생님은 잠시 머뭇하더니 하얀 목장갑을 벗어던지고 안나 옆에 자리 잡고 앉아 입을 열었다.

"이렇게 말할 수 있을 것 같아. 일단 모국어가 아닌 제2외국어로 글을 쓴다는 건 쉬운 일이 아니야. 그런 점에서 영어 작문에 대한 너의 열정은 정말 놀라워."

"그건 제 질문에 대한 대답이 아닌데요, 선생님?"

안나는 미간을 찡그리며 귀엽게 화내는 척했다.

"그래, 그렇지. 그럼 다시 말할게. 너도 알다시피 나도 한때,

아니 지금도 어느 정도는 글 쓰는 걸 업으로 삼고 싶은 사람이야. 그런데 마음만큼 잘 안 되더라. 가르치는 일을 하느라 시간이 부족해서 그랬다는 핑계를 댈 수도 있겠지만, 내 마음 깊은 곳에서는 아무리 노력해도 안 되는 게 있다는 걸 알고 있어. 타고난 재능이 절대적으로 부족해서 내가 아무리 노력해도 한계가 있다는 걸 말이야. 나도 한동안은 나약한 변명이라고 여겼지만 지금은 객관적인 현실이라고 생각해. 아니, 어떻게 보면 여기까지 온 것도 나로서는 기적에 가까운 일이었던 것 같아. 하지만 말이야, 안나, 사람에게는 저마다 다른 선물이 주어져. 나는 대단한 글을 쓰진 못해도 대단한 글에 대해 가르칠 수 있는 기회가 주어진 거지. 자, 그런 내가 봤을 때 너, 안나라는 사람은 글 쓰는 걸 업으로 삼기보다는 글을 읽고 쓰는 걸 즐기면서 삶을 풍요롭게 사는 게 더 적합하고 가치 있지 않을까 싶구나."

안나는 베일리 선생님의 눈을 응시하며 집중해서 들었다. 선생님 말이 끝나자 복잡해진 마음을 내비치듯 한숨을 삼켰다.

"내가 혹시 상처를 줬니?"

베일리 선생님은 난처한 미소를 띠며 물었다. 눈가에는 자연스럽게 주름이 잡혔다.

"아뇨, 선생님께서 선생님의 한계를 솔직하게 인정하셨듯이 저도 제 한계를 느끼고 있었어요. 다만 이렇게 빨리 받아들이는 게 포기인지 아니면 현명하게 현실을 인정하는 건지 혼란스러웠거든요. 선생님께서 그렇게 말씀해주시니까 어깨의 짐을 내려놓은 것 같기도 해요. '무조건 네가 원하는 꿈을 향해 달려라' 같은 얘기를 믿을 만큼 순진하지도 않구요. 어떤 것들은 포기하면서 본래의 제 자신을 더 잘 볼 수 있게 되는 것 같아요. 무엇보다 선생님이 저를 어린애 취급하지 않고 하나의 인격체로 보고, 느끼는 그대로 솔직하게 얘기해주셔서 감사해요."

안나는 눈을 반짝반짝 빛내면서 환하게 웃었다. 베일리는 내심 안도했다.

"선생님, 질문 또 하나 드려도 돼요?"

"얼마든지."

"저라는 사람에 대해서는 어떻게 생각하세요?"

베일리 선생님은 괜히 뜸 들이는 척 여유있게 대답했다.

"성실하고 늘 열심히 노력하고, 스스로에게 거짓된 행동을 하지 않으려는 용감하고 멋진 사람?"

"그럼 저라는 '여자'에 대해서는요?"

당돌하면서도 수줍어하는 시선을 던지며 안나가 평소보다 낮은 목소리로 물었다.

"하하, 네가 선생님을 놀릴 줄도 아는구나. 다행히도 너는 아직 '여자'가 아니란다."

베일리는 안나의 질문이 귀엽고 사랑스럽다고 생각했다.

"그럼, 만약 제가 어느 날 갑자기 한국으로 돌아가거나 어디

론가 사라져버리면 절 보고 싶어 하실 건가요?"

초롱초롱하고 새카만 눈빛으로 안나는 베일리 선생님을 뚫어지게 올려다보았다.

"그게 정말이니?"

그는 깜짝 놀라며 되물었다.

"그러니까…… 만약에 그렇게 된다고 하면요."

안나가 대뜸 덧붙였다.

"물론이지. 난 선생이자 친구로서 널 무척 그리워할 거야."

베일리 선생님은 안나에게 다가가 사랑스럽다는 듯이 가볍게 포옹했다. 안나는 혀로 아랫입술을 적시고 입안에 고인 침을 목구멍 너머로 꿀꺽 삼켰다. 그 소리가 자신의 귀에까지 생생히 들리자 안나는 마침내 확신과 자각을 가지고 그를 애틋한 눈빛으로 올려다보았다.

포옹을 풀고 한 발자국 뒤로 물러난 안나는 입고 있던 상아색 블라우스 단추를 두 개 더 풀었다. 브래지어를 하지 않은 젖가슴이 반쯤 드러났다. 안나는 베일리 선생님의 손을 잡아끌어 오톨도톨한 작은 돌기로 둘러싸인 오른쪽 유두에 그의 검지와 중지를 끼우고 눈을 감고 호흡을 잠시 참았다.

안나는 불 속에 뛰어들기로 결심했다.

알래스카
상공에서

'내가 잘 때 이 아이는 안 자고, 내가 안 잘 때 이 아이는 자네. 아직도 나와 말을 섞기 싫은가 보다.'

알래스카 상공을 지날 즈음 눈 감은 안나를 보며 엄마, 정인은 이런저런 생각에 잠겼다. 처음 비행기에 탑승했을 때는 정인이 기내식을 안 먹겠다는 스티커를 붙이고 먼저 기절하듯 잠이 들었는데, 일어나 보니 안나가 몸을 불편하게 구부린 채 벌건 자국이 나도록 이마를 창문에 박고 잠들어 있었다. 잠든 딸의 이목구비가 그 사람을 참 닮아서 정인은 한참을 물끄러미 쳐다봤다.

자다가 중간에 잠시 눈을 떴을 때 안나는 창밖을 바라보며 꺼이꺼이 울고 있었다. 다시 잠들었다가 눈을 떠보니 간이 탁자를 내리고 항공사 엽서에 뭔가 열심히 적고 있었다. 정인은 자신이 눈 감은 틈을 타 안나가 인상 좋던 우리 쪽 담당 승무원에게 엽서를 미국으로 부쳐달라고 부탁한 것도 알았다.

다시 서울에 가서 살아야 할지도 모른다고 안나에게 말했을 때 왜 우리는 매번 야반도주해야 하는 거냐고, 왜 엄마는 딸의 인생을 방해하지 못해 안달이냐고 안나는 격분했다. 그 아이의 지적은 어디 하나 틀린 곳이 없었다.

안나는 미성년자라는 이유로 정인의 결정에 전적으로 영향을 받았다. 그리고 정인의 인생은 그 남자의 인생에 영향 받았다. 남자의 부인이 자신의 존재를 알게 되자 정인은 한국에 들어가겠다고 자기가 먼저 그에게 말했다. 관계를 정리하기 위해서가 아니라, 관계를 이어가기 위해 지금은 자신이 이 자리를 피해주고 참아내야 한다고 생각했다.

차라리 멀리서 살면서 그를 못 보는 것이 덜 고통스러웠다. 물리적 거리가 그리움을 키워줄 테고 기다림은 반드시 보상을 가져다준다. 사람들은 기다리는 여자를 바보 취급하지만 그것은 인내해본 적 없는, 믿음이 없는 사람들의 이야기다.

그 남자와 처음 사랑을 시작했을 때 한동안 정인은 미치도록 외로웠다. 그가 온전히 자기만의 것이 될 수 없다는 사실에 마음이 갈기갈기 찢어질 것만 같았다. 마음을 정리하려고 그 남자의 미운 점이나 싫은 점을 기억해내려고 애써보기도 했다. 재채기 소리가 우스꽝스럽다는 것, 가끔 참 재미없는 농담을 거리끼지 않고 한다는 것, 절대로 듣기 좋은 거짓말을 안 한다는 것…….

그러나 그의 부족한 점을 떠올릴수록 그 불완전성이 애틋하고 사랑스럽게 느껴졌다. 결핍이 있다면 자신이 채워주고 싶었다. 부인과 가족에게 잘하는 모습을 보면서 도리어 인간적인 믿음을 갖게 되었다. 정인은 자신의 자리를 정확히 알고 있었으며 그 이상을 요구하는 것은 공정하지 않다고 생각했다.

그러던 어느 날 정인은 갑자기 모든 것이 부질없다는 생각이 들었다. 마음 한구석의 결코 채워질 수 없는 갈증에 그만 항복하고 싶었다.

"나랑 당신 부인, 둘 중에 누굴 더 사랑해?"

유치하다 못해 치명적인 질문인 걸 알면서도 대놓고 물었다. 거짓말 못하는 그는 이렇게 말했다.

"너를 무척 사랑하지만 아내를 더 사랑해."

그걸로 됐고, 정인은 정말로 끝내야겠다고 일 초도 망설이지 않고 마음먹었다. 그리고 얼마 뒤 배 속에 아이가 생긴 걸 알았다.

이미 이별을 고했고 그 남자도 마음을 정리한 걸로 알고 있었기에 이 사실을 알림으로써 그의 마음을 되돌려놓을 생각은 전혀 없었다. 이 아이 덕분에 다시 관계가 이전으로 돌아간다고 해도 그건 자존심이 허락하지 않았다. 마지막 결단은 그 어느 시대라도 여자가 하는 거니까.

아이를 가진다는 것은 대단한 일이었다. 안나를 가졌을 때 정인은 난생처음 근원적인 외로움에서 벗어났다. 혼자서도 어떻게든 배 속의 아이와 이 세상을 헤쳐 나갈 수 있을 거라고 믿었다.

그런데 남자가 정인에게 돌아왔다. 알고 보니 그는 떠난 적이 없었다. 마음을 정리했다고 간주했건만 장기 미국 출장으로 정신없이 바빴고, 여자들이란 때로 헤어지자는 말을 감정적으로 내뱉기에 기분을 가라앉힐 시간이 필요하다는 것을 알고 정인을 잠시 내버려두었던 것이다.

"무슨 소리야? 난 너랑 절대 못 헤어져."

남자는 무엇 하나 변하지 않은 모습으로 원래 일정보다 며칠 빨리 귀국해 정인의 집으로 찾아왔고, 그녀의 완만한 민둥산 같은 배를 만져보았다.

난처해하기는커녕 오히려 '너라는 여자'는 '나라는 남자'의 아이를 가지는 게 이 세상에서 가장 자연스럽고 타당한 일이라는 듯이 진심으로 기뻐했다.

"아들이 이미 두 놈 있으니 이 아이는 딸이었으면 좋겠다."

남자는 정인을 꼭 껴안으며 일상을 함께할 수 없는 것, 아이가 하루하루 커가는 모습을 같이 지켜보지 못하는 것을 미안해하며, 그럼에도 어떻게든 자신이 경제적으로 챙겨줄 거라고 약속했다. 웃기지 말라고, 당신한테는 한 푼도 받지 않겠다고 정인은 단칼에 남자의 말을 잘라냈다.

바보, 말로 비장하게 약속할 시간에 아무 말 없이 돈 봉투를 갖다 주던가.

정인은 여태까지 살면서 이 세상 그 어떤 것도 완전히 자기 것이라는 생각을 해본 적이 없었다. 그런데 난생처음으로 이 아기는 완벽하게 자신의 것이라고 느꼈다. 배 속에 있는 동안만이라 해도. '내 아이'가 있다고 생각하면 정인은 외롭지도, 불안하지도 않았다.

열심히 회사 다니다가 휴가를 내고 멀리 시골에 가서 아이를 낳을 생각이었다. 그 남자와는 완전히 헤어지겠다면서, 그런 무모한 사랑은 두 번 다시 안 한다면서 아이를 낳겠다고 한 자신이 생각해보면 웃기지도 않았다.

혼자서라도 그의 아이를 낳아 키우겠다는 다짐이야말로 가장 지독한 사랑의 표현 아니던가.

정인은 단 한 번도 그 남자의 부인을 미워한 적이 없었다.

반복하지만 단언컨대, 단 한 번도 그 자리를 탐한 적이 없었다. 정인은 대학을 졸업하자마자 이십 대 초반 무척 이른 나이에 부모님의 성화로 한 번 결혼하고 삼 년 뒤 이혼했다. 아내나 며느리의 자리가 주는 경험을 한 번은 거친 셈이니 관계의 형식에 대한 욕심은 없었다.

이 세상에 내 남자, 내 여자란 애초에 존재할 수 없었다. 결혼은 열정을 소진하고 인간에 대한 기본적인 예의마저 파괴했다.

정인은 자신이 평생에 걸쳐 하고 싶은 것은 안정된 결혼 생활이 아니라 사랑임을 알았다. 이혼 후 그 남자를 만나 그의 모든 것을 가지지 못하면서도 사랑에 푹 빠져버렸다. 그녀가 원한 건 사랑밖에 없었으니 사실 그는 그녀가 원하는 모든 걸 줄 수 있었던 셈이다.

결혼과 달리 연애는 언제고 쉽게 떠날 수 있었기에 불안해하는 여자들이 많지만 어차피 어떤 관계도 영원할 수는 없다. 상대가 내 곁을 떠난다 해도 그렇게 한때나마 서로를 깊이 사랑하면서 함께 시간을 보내는 것, 그 이상 인생에서 무엇을 더 바랄 수 있단 말인가.

정인은 꽤 고생해 자연분만을 했다. 아이를 낳고도 골반 뼈가 벌어져 한동안은 제대로 걷지도 못했다.

안나는 온몸에 에너지가 흘러넘치는 생기발랄한 아이로 커 갔다. 아빠가 없는 것이 티 나지 않을 정도로 씩씩했다. 아빠가 저 멀리 외국에 있으니 자기가 대신 엄마를 지켜주겠다면서 고사리 손을 뻗어 포옹해줄 때 정인은 정신이 아득해지는 듯한 행복을 느꼈다.

사춘기를 관통하면서 안나는 눈만 크고 빼빼 마른, 조금은 세 보이는 개성 넘치는 외모의 소녀로 성장해갔다. 말수가 점점 적어지고 잘 웃지도 않았다. 까칠한 표정에 다른 여자아이들과 비교되는 복잡하고 조숙한 분위기를 풍겼다. 그러다 이따금 그 나이 또래 아이만이 지을 수 있는 환한 미소를 보여줄 때면 정인의 눈에는 그저 아름답게만 보였다.

안나가 아빠라는 단어를 입에 담지 않게 된 것은 중학생이 되면서였다. 돈에 대한 이야기도 마찬가지였다. 엄마, 정인에게 말해봤자 시원한 답변을 들을 수 없는 것들이었다. 나이를 먹으면서는 회사 다니는 엄마를 대신해서 대부분의 살림을 도맡아 했다.

안나가 몇 차례 습관성으로 코피를 흘리자 안 되겠다 싶어 정인은 회사를 그만두고 집에서 일할 수 있는 번역가의 길을 택했다. 안나가 엄마를 필요로 할 때 곁에 있어주고 싶기도 했다. 하지만 막상 집에 있게 되자 딸아이는 엄마의 존재를 거추장스러워하는 것 같았다. 정인은 안나가 속 이야기를 엄마인 자신에게 털어놓지 않는 것에 서운해했다.

"다른 딸내미들 보면 친구처럼 엄마한테 힘든 일을 상담하기도 하던데 우리 딸은 너무 똑 부러져서 힘든 일도 없나 봐?"

정인이 그렇게 말하면 안나는 그저 빙긋 웃었다.

"엄마는 엄마지 친구가 아니잖아. 정확히 뭘 원하는 거야. 친구? 아니면 엄마?"

정인은 바보처럼 시간이 한참 흐른 뒤에야 자신이 되레 상담하는 딸처럼 굴어서 정작 딸이 자신에게 그렇게 하지 못했다는 사실을 깨달았다.

JFK공항에서 늦은 저녁 시간에 비행기를 타고 날아와 늦은 밤 김포공항에 도착했다. 비행기가 착륙을 준비하면서 각도를 틀자 창밖으로 수많은 가로등 불빛이 보였다.

정인은 이제야 한국에 왔음을 실감하며 그 남자와 물리적으로 완전히 떨어졌다는 사실이 느껴졌다. 그리움이 가슴 한편을 적셨다. 안나는 텅 빈 시선으로 창밖을 멍하니 바라보고 있었다. 딸아이가 지금 무슨 생각을 할지 짐작도 할 수 없었다.

이제 일 년 뒤면 이 아이는 엄마 곁을 떠나갈 것이다. 그간의 자기 모습을 돌아보면 엄마로서 잘했다고 보기는 힘들었다. 끝까지 자기감정을 우선하는 본능을 타고난 이기적인 여자라는 사실은 누구보다도 자신이 잘 알고 있었다. 이제 와서 돌이킬 수도 없었다.

　이런 나를 용서해줘.

　언젠가는 나를 이해해줄 수…… 있을까?

　사랑한다, 내 딸.

2부

안나

딩동 소리와 함께 천장 비상등이 일제히 켜지면서 해인은 잠에서 깨어났다. 건조한 기내 공기에 눈이 뻐근했다. 옆자리 그녀도 에취, 재채기를 하면서 눈을 게슴츠레 뜨고는 해인의 어깨에 기대어 잔 것을 알고 어쩔 줄 몰라 했다. 승무원들은 주스를 쟁반 위에 가득 채우고 좌석 사이 복도를 지나면서 불편한 잠자리에서 막 깨어난 승객들에게 한 잔씩 건넸다.

해인은 주스 대신 생수를 한 잔 받은 뒤 목에 걸고 있던 이어폰을 다시 귀에 꽂고 두 눈을 감았다. 이번엔 다시 제대로 기분 좋게 잠에서 깨어날 수 있을 것 같았다. 심장이 서서히 힘차게 뛰기 시작했다. 그것은 어느 햇살 눈부시던 가을날, 센트럴파크에 누워 안나가 이어폰으로 들려주던 그 노래였다.

선선한 가을바람에 낮잠을 자고 일어나 보니 어느덧 해는 지평선 너머로 넘어가고 그림자 짙어진 나뭇잎들이 바람결에 나부꼈다. 깔깔거리며 공놀이를 하던 가족의 모습도 보이지 않았다. 오로지 안나만이 여전히 티 없이 맑은 표정으로 옆에 누워 자고 있었다.

"안나, 일어나. 날이 어두워지고 있어."

해인은 몸을 일으켜 앉아 안나를 흔들어 깨웠다. 그사이 곤한 잠에 빠졌는지 안나는 한쪽 눈을 겨우 뜨고 몸을 돌려 누우며 일어나지 않으려고 했다.

"집에 안 갈 거야?"

"집에 가도 기다리는 사람도 없네요."

그렇게 말하고 안나는 되레 해인을 다시 눕혀 머리를 바짝 맞붙이고 그의 왼쪽 귀에 이어폰을 끼웠다. 그녀는 아침에 일어날 때 알람을 끄자마자 워크맨으로 음악을 듣는다고 했다. 좋아하는 음악을 들으며 다시 제대로 기분 좋게 일어나기 위해서. 그리고 재생 버튼을 눌렀다.

If you get caught between the moon and New York City
the best that you can do

the best that you can do

is fall in love.

달과 뉴욕 사이에서 무엇을 선택해야 할지 모를 때

당신이 할 수 있는 최선은

당신이 할 수 있는 최선은

사랑에 빠지는 것.

"뉴욕이 주인공인 노래 중에 내가 제일 좋아하는 곡이야."

안나가 겨우 실눈을 뜨고 아련하게 미소 지으며 말했다.

당시엔 후렴구의 "뉴―욕― 시티"라는 단어 말고는 문장 전체의 뜻을 정확히 알아듣지 못했는데 지금은 의미가 쏙쏙 들어오는 것이 신기했다. 머지않아 그 뉴욕에 도착할 것이다.

노래가 끝나자 기장의 느끼한 이탈리아 악센트가 들려왔다.

"안녕하세요, 기장 조르지오입니다. 오랜 비행시간 동안 푹 쉬셨는지 모르겠습니다. 곧 아침식사를 드릴 예정이니 조금만 기다려주시기 바랍니다. 도착 예상 시간은 차질 없이 뉴욕 현지 시각으로 열한 시가 될 예정입니다. 참고로 내일 뉴욕에는 눈이 최소 이십 센티미터는 쌓인다고 합니다. 오늘 뉴욕에 도착하는 승객 여러분은 정말 운이 좋은 분들입니다……."

사람들은 왜 항상 나를 보고 운이 좋다고 하는 것일까. 해인은 창문을 위로 올리고 붉은 아침 해가 파란 하늘과 맞닿는 모습을 바라보았다.

*

해인은 매해 그랜드센트럴역 부근의 한 호텔에 묵었다. 관광객들이 잘 찾지 않는, 현지인들의 동네에 위치한 곳으로 백년 역사에 단골들의 사랑으로 운영되는 아담한 호텔이었다. 화려함은 없지만 인테리어나 서비스 등 모든 것에 절제와 기품이 깃들어 있으면서도 어깨에 힘이 들어가 있지 않았다.

시차로 뻐근함을 느끼며 호텔 방에 들어섰다. 늘 지정하는 1201호실이었다. 푹신한 일인용 소파가 놓인 창가의 오각형 공간이 좋았다. 밤이면 저 멀리 크라이슬러빌딩과 엠파이어스테이트빌딩이 창밖으로 보였고 낮에는 바로 앞의 고풍스러운 브라운스톤 타운하우스와 현대식 고층 건물이 오손도손 나란히 이웃한 모습이 정겨웠다. 뉴욕이 좋은 이유 중 하나는 오래된 것과 새로운 것이 자연스럽게 뒤섞여 있다는 점이다. 서로 다른 개성이 부딪히면서 조화를 이루어가는 뉴욕의 정신을 그대로 반영했다.

침대 옆 서랍을 열자 늘 그랬던 것처럼 성서가 가지런히 놓여 있었다. 해인은 짐을 푼 뒤, 옷가지와 안경을 벗고 욕실로 들어가 샤워와 면도를 했다.

수건으로 몸을 가리고 나와 테이블 위에 놓아둔 안경을 걸치고 창밖을 내다보았다. 코앞의 현대식 고층 건물 12층은 신문사나 잡지 편집국 같았다. 매년 볼 때마다 사람들이 분주히 이리저리 뛰어다니거나, 전화기에 대고 화를 내거나, 회의실에서 과장된 몸짓을 하며 자기주장을 치열하게 하고 있었다. 마감이라는 시간제한에 쫓기는 업종인 것이 분명했다.

시야의 마지막에 걸리는 중역의 방처럼 보이는 곳은 개중 조용하고 은밀해 보였는데 종종 직원들이 하나씩 불려 들어가 모종의 거래가 이루어지는 듯했다. 언젠가 한번은 회사 동료로 보이는 한 여성과 방 주인이 열렬한 키스를 나누는 사내 연애 장면이 포착되기도 했다. 어쨌든 자신의 직업과는 전혀 다른 직장의 생태계를 구경하는 일은 흥미로웠다.

손바닥을 갖다 댄 창문은 겨울의 냉기로 차가웠지만 햇살이 창문에 반사되어 만들어내는 분홍색과 오렌지색 빛은 여전히 강렬하고 뜨거웠다. 햇살의 기운에다 방금 뜨거운 물로 샤워하고 나와 몸이 노곤해진 해인은 다시 안경을 빼고 눈을 비볐다. 쏟아지는 잠을 참고 시차에 적응하고 싶었지만 서두르지 않기로 했다. 허리에 걸친 수건을 벗어던진 뒤 그는 알몸으로 두툼한 거위털 이불을 들어 올리고 침대 시트로 파고들어 깊은 잠에 빠졌다. 그에게 지금 필요한 것은 숙면이었다 .

세 시간 남짓 푹 자고 눈을 떴을 때 어둠이 서서히 짙게 내리며 붉은 노을이 번지고 있었다. 밤의 시작을 알리려는 듯 고층 건물들이 하나둘 불을 밝혔다. 자다가 일어나서 바라보는, 밤이 시작되는 광경은 늘 어딘가 몽환적이고 비현실적인 감각을 불러일으켰다. 그래도 한숨 푹 자고 일어나 몸이 재충전된 느낌은 좋았다. 상쾌한 기분으로 산책을 다녀오기로 했다.

바랜 녹색의 터틀넥 스웨터에 카키색 치노바지, 검정 코트를 입은 해인은 12층 로비에서 내려가는 엘리베이터를 탔다. 아직도 엘리베이터 보이가 있는 뉴욕 호텔이 과연 얼마나 남았을까. 엘리베이터 보이 '밀튼'이 해인을 기억하고는 일 층을 눌러주며 깍듯이 인사했다. 해인은 반갑게 인사를 받고 내리면서 팁을 건넸다. 호텔 회전문을 지나 밖으로 나오자 차갑고 맑은 초겨울 공기가 코끝을 찔렀다. 거리의 모든 가로등이 서서히 불을 밝혔다.

두 블록을 지나 세 번째 블록에서 큰 대로로 들어서자 퇴근하는 뉴요커들이 일제히 쏟아져 나왔다. 해인은 사람들에 휩쓸리며 걸었다. 이곳은 변한 게 하나도 없었다. 높은 빌딩이 사방을 에워싸고 고개를 들어 올려다보면 하늘이 바로 위에 있었다.

호텔에서 한 블록 서쪽으로 걸어가다 모서리에 있는 편애하는 단골 델리에 들러, 훈제연어와 크림치즈를 넣은 베이글과

탄산수를 포장해서 나왔다. 두 블록 더 걸어가 5번가 교차로를 지나 브라이언트공원 옆에 있는 뉴욕공공도서관에 도착했다. 대학 시절 주말이면 혼자 자주 찾았던 곳. 고풍스러운 건물의 기둥과 계단, 높은 천장과 열람실 테이블마다 놓인 앤티크 스탠드를 해인은 사랑했다. 그곳에서 가져 온 책을 읽거나 서가에서 잡지나 책을 골라 보기도 했다. 바스락거리며 책장 넘기는 소리와 저마다 책 속 세계에 푹 빠진 사람들의 다양한 표정이 어우러진 분위기를 그는 몹시 사랑했다.

수요일, 도서관은 밤 여덟 시까지 열었다. 여섯 개의 대리석 기둥 앞에 드넓게 깔린 계단에는 층층이 사람들이 앉아 각자 자유롭게 시간을 보내고 있었다. 휴식을 취하거나, 친구와 대화를 나누거나, 노트북 컴퓨터를 무릎 위에 올려놓고 작업하거나, 책을 꺼내 읽기도 했다.

건너편에는 핫도그와 레모네이드를 파는 노점이 있었고 그 앞으로 비둘기들이 몰려다니며 먹이를 찾아 인간들의 눈치를 쭈뼛쭈뼛 살폈다. 이 계단에 앉아 있노라면 세상은 크게 변할 일이 없고, 여기서 더 나빠질 것도 없고, 내일이 오면 조금 더 힘을 낼 수 있을 것만 같았다.

다음 날 해인은 매년 그랬듯이 호텔 프런트에서 렌터카를 빌려 뉴저지 주로 향했다. 어머니의 기일만 다가오면 경미한 공황증세가 찾아와 괴롭혔지만 해를 거듭할수록 마음의 동요는 잦아들었다. 해인은 이제 약이 없어도 장시간 운전을 할 수 있었고, 이를 무척 감사하게 생각했다.

어머니는 한인 교회 소개로 한 추모공원의 공동묘지에 안치되었다. 유서에 쓰인 대로 다인의 시신도 서울에서 찾아와 어머니 곁에 함께 묻었다.

해인은 공원 정문에서 묘지 안쪽으로 천천히 걸어 들어가면서 꽃과 성조기 등이 자유롭게 장식된 묘비들을 하나하나 바라보며 짧게 묵념을 했다. 어머니가 계신 곳으로 향하는 길, 작년에는 휑하니 비어 있던 공터들이 그사이 묘비들로 빼곡히 채워져 있었다.

어머니 묘비 앞에 세워둔 어머니와 다인이 함께 그려진 초상화는 딱 일 년 치만큼의 먼지와 얼룩이 끼어 있었다. 해인은 입으로 먼지를 후 불어내고 손수건을 꺼내 액자에 낀 이물질을 꼼꼼히 닦아냈다.

그 앞을 지나가던 대여섯 살쯤 된 갈색 곱슬머리 소녀가 엄마의 손을 놓고 쪼르르 달려오더니 묘지 앞에 꽃이 아닌 엄마와 아기의 그림이 있는 것을 보고 신기해했다.

"아저씨, 그림이 너무 예뻐요. 엄마랑 아기가 진짜 행복해 보여요."

아이들은 어쩌면 죽음의 본질을 어른들보다 더 잘 이해하고 있는지도 모른다.

소녀는 호기심 가득한 표정으로 그림을 만지려고 했다. 뒤따라온 소녀의 엄마가 만지지 못하게 하자 해인은 미소 지으며 괜찮다고 했다.

"그림을 만져주면 제가 더 감사하죠. 어머니랑 여동생도 좋아할 거예요."

소녀의 엄마는 아이가 원없이 그림을 만지는 동안 초상화를 물끄러미 바라보다가 쓸쓸한 미소를 지으며 해인에게 다가와 포옹을 했다.

"저도 어머니를 뵈러 왔답니다. 선량한 당신에게 신의 가호가 함께하기를⋯⋯."

다음 날 아침에는 첼시 지역을 돌아다녔다. 첼시 지역은 개성 넘치는 화랑들로 유명했지만 이번에는 책을 보러 다니고 싶었다. 사진집 중심의 서점이나 희귀본을 많이 소장한 예술서점에 들러 천천히 책을 둘러보았다. 그리고 밤이 되면 다시 델리에서 샌드위치를 포장해 뉴욕공공도서관으로 향했다. 열람실에서 책을 읽다가 밖으로 나와 계단에 앉아 샌드위치를 꺼내 먹었다. 뉴욕에서의 하루가 또 이렇게 흘러갔다.

그 다음 날 오전에는 메트로폴리탄미술관에서 그림을 보며 하루를 보냈다. 호텔 부근의 작은 프랑스식 식당에서 돼지고기 요리를 든든하게 먹고 오후엔 호텔로 돌아가서 낮잠을 한숨 잔 뒤 해가 지면 또 어김없이 뉴욕공공도서관으로 향했다. 평소처럼 샌드위치 봉투를 들고 계단을 올라가려고 하는데 그날따라 도서관 입구 계단에 앉아 있는 한 여자가 해인의 시선을 붙잡았다.

가지런히 정리된 눈썹, 매끄럽게 일직선으로 뻗은 코, 깊은 생각에 잠길 때면 살짝 열리는 작은 입술, 갈색 스웨이드 코트와 청바지 차림에 허리까지 내려오는 찰랑이는 긴 머리.

그녀는 계단 맨 위에 앉아 두 팔로 턱을 괴고 저 아래 걸어 다니는 사람들을 무심하게 응시하고 있었다. 말없이 그저 앞만 바라볼 뿐인데도 주변의 공기 흐름을 멈추게 하는 매력적인 존재감을 내뿜었다. 무엇보다도 그 까맣고 영민한 눈매는 그녀 외에는 가질 수 없는 것이었다.

갑자기 목이 잠겼다.

"안나."

십칠 년 만에 해인은 그녀의 이름을 날아갈세라 조심스레 불렀다.

안나는 설마, 하는 표정으로 아이처럼 주변을 두리번거리다가 계단 아래서 기쁨과 슬픔이 혼재된 눈으로 자신을 올려다보는 해인과 눈이 마주쳤다. 긴장되고 떨리는 해인과는 달리 안

나는 바로 엊그제 만난 친구처럼 태연하게 생긋 웃으며 이리
올라오라고 손짓했다.

그녀는 자기 어머니를 쏙 빼닮은 모습이었다.

.

우리는 모두
외로운 사람들

안나와 재회한 밤, 호텔 침대에 누워 해인은 잠 못 이루던 십칠 년 전의 그날 밤을 생각했다.

"해인, 너 내 말 똑똑히 들어. 모든 소문은 구십구 퍼센트가 진실이야. 그리고 그 소문을 퍼트리는 사람이 누군지 아니? 바로 구십구 퍼센트가 당사자야."

치아교정기의 고무줄을 손가락으로 짓이기며 지껄이는 샐리의 말이 듣기 싫어서 해인은 자리를 박차고 미술실을 나와 버렸다.

그날 미술실에서 안나와 말다툼을 하고 나서 얼마 뒤 해인은 학교 아이들에게서 알고 싶지도, 믿고 싶지도 않은 그녀에 대한 소문을 듣게 되었다.

해인은 안나가 베일리 선생님과 몸을 섞는 상상을 고장 난 LP판처럼 한없이 머릿속에서 재생했다. 한번 안나와 베일리 선생님의 모습을 제멋대로 상상하기 시작하면 멈출 수가 없었다. 안나가 벗은 채로 베일리 선생님의 허리에 매달리면 팔짱을 끼고 고개를 젖히고는 눈을 감고 황홀해하는 그의 모습이 자동으로 연상됐다. 그가 시키는 대로 안나가 입으로 그 짓을 하고 난 뒤 그간 그녀에게 퍼부은 싸구려 칭찬과 격려와 같은 분비물로 더럽혀진 그녀의 머리를 쓰다듬는 그가 상상되었다.

해인은 학교에서 안나를 의식적으로 피했고, 교실을 지나치며 본 베일리 선생님은 이제 삐죽삐죽 구레나룻까지 기르고 있었다. 안나는 이따금 초췌하고 텁텁하게 바뀌는 베일리 선생님의 외모가 창작의 고통 때문이라며 두둔했지만, 해인은 수염을 기르며 지저분하게 보이는 방식으로 고뇌를 전시해야 직성이 풀리는 남자들을 기본적으로 신뢰하지 않았다.

해인은 갈색과 희끗희끗한 금발의 수염이 뒤섞인 그 작자의 지저분한 입 주변이 안나의 부드러운 살을 헤집어가며 탐욕스럽게 애무할 때 그 까끌까끌함에 이중으로 고통 받아 새어나오는 그녀의 첫소리를 상상했다. 고통스러운 신음이 행여 희열의 외침으로 변하는 장면에 생각이 미치기 전에 해인은 상상을 멈추려고 애썼다.

분노와 배신감을 어떤 식으로든 해소하지 않고는 견딜 수가 없었다. 달빛이 비추는 밤에 안나와 함께 누웠던 침대 위에서 급하게 사정을 하고 나면 이젠 그녀에 대한 감정조차도 헷갈렸다.

새 학년으로 올라가기 전 기나긴 여름방학이 시작되는 날은 그해의 졸업식 날이기도 했다. 고등학교 졸업식은 보다 큰 시작의 첫걸음이었으니 서운함보다는 흥분 어린 축제의 기운이 교내를 가득 채웠다.

졸업 가운 안에 비키니나 수영복 바지만 하나 입고 와서 장난을 치고 서로의 얼굴에 형형색색 페이스 페인팅을 하는가 하면 학생들에게 인기 있는 선생님들은 헹가래를 당하는 영광을 누렸다. 학부모들까지 참석해 학교는 더욱 북적거렸고 해인은 이 들뜬 사람들을 피해 다니면서 자신이 더욱 혼자라는 느낌을 받았다.

졸업생이 아닌 한 학년 아래 학생들에게도 그날은 학년의 마지막 날이었기에 아이들은 여름방학이 시작되기 전에 친구들, 선생님들과 작별 인사를 나누고 학교 앨범에 메시지와 사인을 주고받으려고 학교에 나오기도 했다. 해인도 미술실 친구들의 얼굴도 보고 개인 물건 보관함을 비우러 학교에 들렀지만, 사실 그의 목적은 안나였다. 안나를 찾아 시끌벅적한 졸업식 현장을 피해가며 온 학교를 샅샅이 뒤졌지만 그녀의 모습은 어디에도 보이지 않았다.

오전의 졸업식 행사가 끝나자 기다렸다는 듯이 초여름 장맛비가 조금씩 내리기 시작했고 정오를 훌쩍 넘기자 빗방울이 점점 굵어졌다. 이내 포기하고 개인 물건 보관함을 비우고 집으로 돌아온 해인은 뒤늦게 자동응답기의 메시지를 들었다. 그 길로 바로 안나의 아파트를 향해 우산도 없이 단숨에 뛰어갔다.

숨이 끊기고 폐를 찌르는 것 같은 통증을 느꼈다. 비에 흠뻑 젖어 티셔츠는 몸에 딱 달라붙고 오른쪽 다리 힘이 풀려 더 이상은 못 달리겠다고 생각할 무렵 겨우 아파트에 도착했다. 삼층으로 뛰어올라가서 초인종을 누르고 문을 두드렸지만 문은 굳게 잠긴 채 열리지 않았다.

비 때문에 교통 혼잡을 피하려고 예정보다 일찍 공항으로 출발한 것일까. 문 앞에 털썩 주저앉아 숨을 골랐다. 해인의 숨소리는 점점 잦아들었지만 창밖의 비는 이제 폭우가 되어 우렁찬 소리로 쏟아져 내렸다.

해인은 뻣뻣해진 몸을 일으켜 다시 학교로 향했다. 이미 흠뻑 젖어서 이제 비를 맞든 말든 별 의미가 없었다. 학교에 도착하니 그 많던 사람들의 소란법석은 온데간데없고 유령의 집처럼 사람 흔적 하나 없이 건물만 덩그러니 빗속에 외로이 서 있었다.

이제 이곳에는 말 그대로 해인 혼자였다. 안나와 함께할 계절은 다시 없을 것이다.

해인은 그해 여름 표면적으로는 SAT를 대비하기 위해 인근 공립도서관을 들락거렸지만 실은 안나가 좋아한 작가들의 소설을 하나부터 열까지 빌려 읽었다.

실비아 플라스부터 조이스 캐롤 오츠나 앨리스 먼로 등 여성 작가들이 많았는데 솔직히 어떤 작품들은 해인이 소화하기엔 다소 버거웠다. 그럼에도 해인은 이를 악물고 안나가 한 번이라도 말했던 책은 빠짐없이 찾아 읽었다.

아무것도 이해받지 못했다던 그녀를 늦게나마 조금이라도 이해하고 싶었다. 그렇게 매일 새벽까지 읽다가 졸려서 도저히 못 견딜 지경이 되어서야 눈을 감을 수 있었다.

*

어둑새벽에 또 눈이 많이 내린 모양이었다. 시계를 확인해보니 새벽 여섯 시, 여전히 창밖은 어두컴컴하고 건물에도 간간이 불이 켜져 있었다.

이불 속에서 부스럭거리다가 몸을 일으켜 책상 위의 스탠드를 켰다. 커튼을 반쯤 열고 방 안에 비치된 네스프레소로 커피를 한 잔 내렸다. 노트북을 켜고 인터넷 검색창에 오랜만에 떠오르는 그 이름을 쳐 넣었다.

학교 홈페이지와 동문회 홈페이지, 모두 온라인에 있었다. 지금 세상은 더 이상 과거를 머릿속 기억으로만 머물게 놔두지 않았다. 게시판에는 여러 기억에 관한 사연들이 올라와 있었다.

— 최근에 저희 엄마가 돌아가셨어요. 아흔세 살이셨죠. 돌아보니 엄마의 젊은 시절에 대해 아는 게 아무것도 없네요. 엄마의 고등학교 시절 이야기를 들려줄 엄마 친구분 혹시 안 계실까요……?

— 남편 스티브가 1975년도 졸업생인데 당시에 졸업 앨범을 못 사서 늘 아쉬워했어요. 곧 그의 생일인데 깜짝 선물로 졸업앨범을 구해주고 싶어요. 혹시 저에게 파실 분 없을까요? 남편의 추억을 되찾아주고 싶어요.

　　　　　　　　　　남편을 끔찍하게 사랑하는 아내가

— 본 고등학교의 졸업생인 운동선수 워렌 스타인벡에 대한 취재 기사를 쓰고 있습니다. 그의 학창 시절을 기억하는 분들의 제보를 기다립니다. 취재원의 비밀은 반드시 엄수합니다.

— 삼십오 년간 헌신적으로 학생들에게 생물을 가르쳤던 해리슨 선생님이 돌아가셨습니다. 그는 우리 모두에게 공부뿐 아니라 타인을 소중하게 대하는 법을 알려준 선생님이셨죠……. 해리슨 선생님을 아시는 분들이라면 함께 선생님 넋을 기려주세요.

시간만큼 공평한 것은 없다. 영원할 것 같던 고등학교 시절도 어김없이 졸업을 맞이한다. 한 지역에 이렇게 오랜 시간 뿌리내린 학교에는 얼마나 많은 사람들이 자신의 이야기를 남기고 갔을까.

같은 공간을 벗어나 개별적인 삶을 살다가, 어느덧 저마다 다른 날에 각자의 인생을 졸업하고 떠나간다.

사망한 동창들을 고지하는 게시판에는 이미 저세상으로 가버린 동문들의 이름이 나열되어 있었다. 시간의 흐름과 죽음은 예외 없이 누구에게나 공평했지만 죽음을 알리는 부고 글에는 얼마간의 온도 차가 있었다. 몇 년도 졸업생인 누가 언제 어떻게 죽었는지 짧은 한 문장으로 알리는 글이 있는가 하면, 어떤 글은 한 사람이 걸어온 인생을 사랑과 존경을 곁들여 한 페이지 넘게 애정을 담아 설명했다. 사랑하는 이들에게 그 사람이 얼마나 따뜻하고 유머러스하고 이해심 깊은 사람이었는지에 대해.

외롭게 혼자 맞이하는 쓸쓸한 죽음도 있고 사랑하는 이들에게 둘러싸여 떠나는 행복한 죽음도 있겠지. 하지만 어차피 떠날 때는 우리 모두 혼자다.

이제 와 무슨 말을
할 수 있을까

눈이 일찍 뜨여 해인은 아침 일찍 호텔을 나섰다. 그랜드센트럴역은 미드타운 고층 빌딩 사이에 빽빽하게 끼어 있었지만 막상 안으로 들어가면 공기부터 달랐다. 백년도 전에 지어진 역사 내부는 유럽의 고전 건축을 모티프로 만들어진 거대한 공간이었다.

약속 시간보다 빨리 도착한 해인은 역 안 식당으로 향했다. 문을 열고 들어가자 커피와 도넛의 계피 향이 진동했다. 각 테이블마다 혼자 온 손님들이 앉아 있었다. 제각각 커피를 마시는 남자와 여자들은 서로 적정 거리를 두고 고립되어 있었지만 전혀 불안하거나 외로워 보이지 않았다.

주말의 시작인데도 트렌치코트를 입고 커피를 홀짝이며 경제신문을 읽는 중년 남자, 고풍스러운 꽃무늬 원피스에 밍크 코트를 두르고 앉아 포크로 천천히 에그베네딕트를 음미하는 노부인, 어디서 밤샘을 했는지 한껏 졸린 표정으로 든든한 버거와 양파 튀김을 먹으면서 체력을 다지는 배낭 멘 대학생, 근처 건설 현장에서 일하는지 오버올 작업복을 입고 스크램블드에그와 베이컨을 곁들인 머핀 조식 세트를 먹는 콧수염 난 남자. 마치 에드워드 호퍼 그림의 주인공들이 각자의 자리에서 역할 놀이를 하는 것만 같았다.

머리띠로 앞머리를 바짝 쓸어 올린 갈색 눈의 웨이트리스가 하품을 하며 메뉴판을 건넸다.

"스웨터가 근사하네요. 아침부터 그렇게 멋지게 차려입고 어딜 가시길래?"

네이비블루 더플코트 안에 입은 초록색과 회색이 섞인 아가일 무늬 스웨터를 그녀가 칭찬했다. 고맙다는 인사와 더불어 해인은 시나몬 도넛과 커피를 주문하며 글레이즈드 도넛을 두 개 포장해달라고 부탁했다.

그는 도넛과 커피를 먹고 매표소로 걸어갔다. 매표소 위에는 기차 시간과 트랙 번호, 행선지, 도중에 멈추는 역 등에 대한 정보를 안내하는 전광판이 설치되어 있었다. 매표소 창살 너머 안경을 내려 쓴 백발에 금테 안경을 단아하게 쓴 남자 역무원에게 왕복 차표를 두 장 샀다.

외진 주택가 마을이라 주말에는 오가는 사람들이 별로 없어서 남는 좌석이 많아 보였다. 대합실 의자에 앉아 인도계 미국인 작가 줌파 라히리의 페이퍼백을 읽다가 잠시 책을 덮고 역을 오가는 사람들을 구경했다. 사람들의 호흡에서 설렘이 느껴졌다. 단순한 기차 여행이라 해도 새로운 장소로 데려다 준다는 것은 우리 안의 무엇을 바꾸는 모험이다.

안나가 가죽 배낭을 오른쪽 어깨에 메고 다소 피곤한 모습으로 미소 지으며 이쪽을 향해 또각또각 걸어왔다. 갈색 캐시미어 긴 코트에 목까지 올라오는 크림색 스웨터를 입고 머리에 단정하게 갈색 핀을 꽂은 그녀는 화장을 전혀 하지 않았지만 맑은 피부와 까맣고 커다란 눈동자만으로 멀리서도 눈에 띄었다.

해인은 책을 가방에 집어넣고 의자에서 일어나 그녀를 맞았다.

"오래 기다렸어?"

가쁜 숨소리로 안나가 물으며 팔목시계에 눈길을 주었다.

"아니, 전혀."

해인을 눈웃음을 지으며 고개를 저었다.

"아닌 거 같은데? 어, 이제 슬슬 플랫폼으로 내려가야겠네."

"잠깐만, 부츠 끈 풀렸어."

해인은 서 있는 안나 앞에 몸을 숙여 갈색 부츠의 풀린 끈을 꼼꼼히 묶어주고 일어섰다.

"이제 준비됐지?"

안나가 씩씩하게 웃으며 고개를 끄덕였다.

한 덩이였던 구름은 어느새 사방에서 일제히 뜯어 먹힌 솜사탕처럼 구멍이 숭숭 나서 흩어져버렸다. 안나는 기차 창밖을 바라보면서 십칠 년 전, 한국으로 돌아간 뒤에 무슨 일이 있었는지 이야기하기 시작했다.

"한국으로 돌아와 힘들긴 했지만 겨우겨우 공부를 따라가서 턱걸이로 대학에 들어갔어. 애들은 대학에 들어와서 자유롭다느니 어쩌니 해도 나는 오히려 숨이 막히더라. 애들이 말하는 자유는 그저 정신을 잃을 만큼 술을 마시거나 청춘을 논하거나 엄마 아빠한테 핑계 대고 외박하는, 그런 것들이었어. 또래 남자들은 경박하고 우악스러웠고…… 그래서 해인, 너랑 많이 비교되더라. 내가 돌연변이라서 그랬겠지? 말이 통하고 마음을 나눌 만한 여자 친구도 별로 못 만났어. 미국에서처럼 수업에 들어가고 도서관에서 공부하고 나머지 시간은 혼자 집에서 책을 읽으면서 보냈지. 생각해보면 나라는 여자는 타고난 기질 자체가 집단에 속해 있거나 우르르 몰려다니는 걸 못 견뎌했던 것 같아. 아이들은 대학 졸업반이 되니까 이젠 밥벌이를 해야 한다고 징징거렸지만 난 드디어 진정한 자유구나 싶어서 만세를 부르고 싶었지! 졸업과 함께 원하던 광고 회사에 카피라이터로 들어가게 돼서 더 기뻤고."

"원하던 대로 글 쓰는 일을 하게 된 거네."

"어, 근데 나 원래 상업적인 글을 쓰는 카피라이터가 아니라 문학 작가가 되고 싶어 했어. 기억나? 꿈도 야무져서 영어로, 세상의 모든 독자들을 상대로 글을 쓰는 작가."

안나는 회상하듯 눈을 가늘게 뜨다가 웃음을 터뜨렸다.

규모가 큰 광고 회사에서 카피라이터로 일을 시작한 그녀는 팔 년을 더 다니다가 몇 해 전 몇몇 마음 맞는 사람들과 함께 크리에이티브 에이전시를 차렸다고 했다.

"생각해보면 어렸을 때 가장 원했던 건 칭찬이었어. 사람들한테 인정받고 싶고, 내가 이런 생각을 하고 이런 느낌을 받는다는 걸 사람들에게 알리고 싶은 마음으로 꽉 차 있었어. 그래서 글을 쓰고 싶었나 봐. 또 한편으로는 지극히 현실적인 욕망으로 가득하다는 걸 한참 후에야 깨달았어. 좋은 옷 입고, 맛있는 음식 먹고, 쾌적한 집에 살면서 내킬 때면 여행도 훌쩍 떠나고, 좋은 자동차 타고. 한 번도 '내 것'을 제대로 가져본 적이 없어서 더 그랬다고 하면 핑계일까? 성격도 급하고, 욕심 많고, 지기 싫어하고, 사람들 앞에서 뭔가 빨리 증명해 보이고 싶어 하고……. 이런 내가 지긋하게 앉아서 글만 쓰긴 힘들었겠지.

그래도 말이야, 오래도록 품어온 꿈은 아니었지만 지금 하는 이 일도 제법 잘한다고, 내가 필요하다고, 하는 말들을 들으면 어떻든 계속해나갈 수 있었어. 근데 너야말로 결국 좋아하는 일을 직업으로 삼게 된 거 아냐?"

안나는 마주보는 좌석 사이의 간이 탁자에 해인이 가져온 도넛 봉지를 풀면서 물었다.

해인은 미국에서 대학을 졸업하고 작품 활동을 몇 년 하다가 미술 교사로 직업을 바꾸었다. 그 뒤 도쿄의 외국인 학교에서 미술 교사로 일하다가 몇 해 전 서울로 들어왔다.

고교 시절의 윌슨 선생님에 대해 아는 사람들은 해인이 그의 영향으로 미술 선생이 되었다고 여겼다. 미담이긴 했지만 곰곰 따져보면 진짜 이유는 재미없게도 선생이었던 부모님의 유전자 탓이 크다고 해인은 생각했다. 세상의 어떤 것들은 결코 벗어날 수가 없다.

"미술 선생은 그림을 가르치는 사람이지 그리는 사람이 아니야. 한동안 그림을 그리고 싶은 마음이 있긴 했지만 전업 화가로서의 재능은 충분하지 않았던 것 같아. 그래도 선생이라니, 말주변도 없는 나로서는 많이 발전한 셈이지?"

"그러게. 어울리는 것 같으면서도 한편으로는 좀 신기하기도 해."

안나는 입술 가장자리에 설탕이 묻는 것도 아랑곳하지 않고 도넛을 맛있게 한입 베어 먹었다.

해인은 여전히 소녀 같은 안나의 모습을 지켜보면서 예전 그녀와 함께했던 기차 여행을 떠올렸다. 센트럴파크에 담요를 깔고 누워 속에 담아두었던 내밀한 이야기를 처음 털어놨던 그날, 안나는 긴장이 풀렸는지 덜컹덜컹 기차가 움직이자마자 해인의 왼쪽 어깨에 기대어 잠이 들었다.

몸이 비스듬히 기울자 살색 브래지어 끈이 어깨 아래로 흘러내렸고 안나의 콧김이 해인의 목덜미를 간지럽혔다. 고개를 숙이면 바로 살짝 벌어진 그녀의 입술에 닿을 것 같았다. 해인은 불쑥 몸에 찾아온 낯선 흥분을 잠재우느라 볼것 하나 없는 창밖 주택가 풍경에 시선을 집중하며 다른 생각을 하려고 애썼다.

새삼 그 시절 자신의 모습이 안쓰럽고 아련했다.

대화 중간중간 반짝이는 흰색 겨울나무들을 꿈꾸듯 바라보는 안나의 옆모습을 바라보고 있자니, 해인은 어머니를 그대로 빼닮은 아름다운 모습에 감탄하지 않을 수가 없었다.

"어머니는 안녕하시지?"

덜커덩 기차가 터널을 지났다.

"응, 그럭저럭."

"아직도 어머니 많이 원망하고 있니?"

해인은 혹시나 안나가 마음을 다칠까 신중한 어조로 물었지만 안나는 그윽하게 웃으면서 고개를 저을 따름이었다.

"한때는 그랬지. 하지만 이젠 아냐. 스무 살이 넘어서 독립하고 나면 그다음부터는 부모 탓을 해선 안 된다고 생각해. 그때부터는 각자의 삶을 알아서 잘 살아가면 되는 거잖아. 내가 지금 행복하지 못한 걸 부모 탓으로만 돌리면서 합리화한다면 그건 어리광에 지나지 않아. 설령 우리가 한때 부모님에게 무시 못할 영향을 받았다고 해도 말이야. 억울하잖아, 앞으로의 내 인생이, 내 젊음이 평생 그 그늘에서 못 벗어나서 시들어가는 거."

그 말을 하는 안나의 눈에는 고요한 강인함이 깃들어 있었다. 그러다가 불쑥 분위기를 바꿔 웃으면서 말을 이어갔다.

"딸인 나도 믿기 힘든 얘긴데 엄마는 그때 만나던 '그 남자'와 지금 같이 살아. 부인이 유방암으로 먼저 세상을 떠났거든. 그 남자는 최선을 다해 마지막까지 부인을 손수 간병했다고 하더라. 그러고는 장례를 치르고 삼 년 뒤에 엄마에게 정식으로 청혼했지. 엄마는 청혼을 거절하고 대신 같이 살아줄 수는 있다고 인심 쓰더라? 그런데 이번에는 공교롭게도 엄마가 그의 부인과 똑같은 병에 걸렸어. 응, 고생은 좀 했지만 우리 엄마 얼마나 독한 여잔데…… 괜찮을 거야. 그 남자는 이번에도 엄마 곁을 지켰어. 인생 참 대단하지 않니?"

"응, 이렇게 우리가 우연히 만난 걸 보면."

해인이 생긋 웃으며 안나를 쳐다봤다.

"참, 내가 비행기에서 보낸 엽서 못 받았니? 떠나기 전에 화해하려고 몇 번 너희 집에 전화했는데 아무도 안 받아서 비행기 안에서 엽서를 써서 보냈는데……."

"아, 그랬구나. 그게……"

해인은 애석한 표정을 지어 보였다.

"하아…… 역시 못 받은 거구나. 그것도 모르고 난 답장 안온다고 한동안 속상해했는데. 옛날 일이라 지금 와서 항공사에 항의할 수도 없고."

해인은 안나의 손을 부드럽게 잡아 간이 탁자에 올려놓고는 심호흡을 한 번 한 뒤 천천히 말문을 열었다.

"안나, 사실은 나, 그때 엽서 받았어. 하지만 도저히 답장을 쓸 수가 없더라. 우리 어머니는 병들어 있었어. 알코올중독으로 입원하고 아버지와의 관계는 망가져갔지. 너의 엽서를 받을 무렵 병원에서 어머니는 두 번째 자해를 시도하셨고…… 다시 결박된 상태로 입원하셔야 했어. 난 이미 그때 너를 잃고 난 뒤였고 이러다 어머니마저 잃으면 어쩌나 미칠 거 같았는데 그 누구에게도 마음을 털어놓을 수가 없었어. 너한테 답장 한 통못 보낼 정도로 무기력한 상태였지. 그대로 있다간 내가 나를 놔버릴 것만 같아서 무섭더라."

"그런 일이 있었구나……."

안나는 해인의 손을 더 꼭 잡았다.

"그래서 학교 상담센터를 찾아가서 헬레나 선생님에게 우리 가족에 대해 이런저런 이야기를 털어놨어. 선생님은 가족끼리 주고받는 상처에 대해 얘기해주면서 내가 충분히 상처 받았어야 할 시기에 그 상처를 무시하고 외면했다고 하셨어. 그 말에 처음으로 큰 소리로 울었지. 울면서도 내가 왜 우는지 정확히 몰랐어. 선생님은 당장은 몰라도 된다면서 부드럽고 까만 두 팔로 나를 꼭 안아주셨어⋯⋯."

시간의 힘을 빌려 마침내 어머니가 의사들의 허락을 받고 퇴원하는 날이 왔다.

그사이 해인이 혼자 문병을 갔을 때 어머니는 불안한 눈빛으로 퇴원할 때 반드시 그가 아버지와 함께 와야 한다고 몇 번이고 어린아이처럼 되풀이해서 말했다.

"너희 아버지가 중간에 나 버리고 가면 어떡해."

해인은 학교를 하루 빠지고 어머니가 퇴원하는 것을 도우러 아버지와 함께 차를 타고 고속도로를 달렸다. 어머니는 약속을 지킨 해인을 보고 너무나 기쁜 나머지 와락 껴안았다.

그러나 보름도 채 되지 않아 가족들 몰래 숨어서 다시 술을 마시다가 들키고 헛것을 보기 시작하자, 아버지는 보다 못해 다시 병원에 전화를 걸었다.

어머니는 병원에 들어가기 싫다고 아이처럼 바닥을 뒹굴면서 소리 지르고 울었다. 아버지가 자신을 죽이려 한다면서 눈을 뒤집고 괴성을 질렀다. 아버지는 전혀 동요하지 않고 차분한 목소리로 병원에 연락해서 차와 간호사를 보내달라고 부탁했다. 보호자는 따라갈 수 없었다.

"참, 적어도 앞으로 보름간은 가족분들은 방문하지 않는 게 좋겠습니다."

"왜죠?"

해인이 옆에서 끼어들었다. 아버지는 해인에게 잠자코 있으라며 손짓했다.

"오셔도 어차피 지금 상태로는 가족분들을 잘 못 알아볼 겁니다. 시간은 물론 장소와 사람에 대한 판단력도 상실하죠. 병원을 정체불명의 밀실로, 의사를 자신을 납치한 괴한으로 보고, 가족들은 자신을 이곳에 내다버린 원수처럼 볼 수도 있습니다. 오셔봐야 마음만 안 좋으실 뿐입니다."

해인의 귀에는 아무 소리도 들리지 않았다.

"어머니, 며칠 후에 꼭 보러 갈게요. 걱정하지 마세요."

병원 차 앞에서 인사했지만 해인은 눈물이 쏟아져 어머니의 눈을 똑바로 볼 수가 없었다. 마주본다 한들 어머니는 이미 자신이 알던 그 어머니가 아니었다.

금단증상으로 과도한 신경각성이 일주일 넘게 조절되지 않아 어머니는 기어이 심장마비로 돌아가시고 말았다.

아버지가 그토록 슬프게 우는 모습을 해인은 난생처음 보았다. 어머니의 죽음을 몇 번이고 머릿속으로 준비하고 상상해 보기는 했지만 막상 그 일이 닥치자 해인은 아무런 감정도 느껴지지 않았다. 온몸의 감각이 도려내진 것 같았다. 있는 그대로, 현실로 받아들이면서 기계적으로 살아가는 것 말고는 할 수 있는 것이 없었다.

해인의 성적은 이후 급격히 떨어졌다. 결국 수월하게 들어갈 수 있을 거라고 생각했던 동부권 아이비리그 대학을 포기하고 가까운 주립대학을 선택했다. 주립대학은 사립대학에 비해 학비가 저렴해 아버지에게 경제적인 도움을 받지 않아도 어떻게든 혼자서 해나갈 수 있을 것 같았다.

마음 가는 대로 전공도 미술을 택했다. 막상 주립대학에 들어가자 실력이 뛰어난 학생들 천지였다. 하향 지원한 게 아니라 가까스로 겨우 입학했음을 깨닫고 해인은 자신의 오만함을 깊이 반성했다.

대학 입학을 계기로 아버지와 아들은 자연스럽게 따로 살게 되었다. 아버지는 삼 년간의 교환교수 프로그램이 끝나서 한국으로 돌아갔고, 새벽에 서재에서 전화 통화를 하던, 아주 오래전부터 알고 지냈다는 여자분과 정식으로 재혼했다. 미움이나 서운함, 원망하는 마음은 없었다.

안나 말대로 그것은 아버지의 세계이자 인생일 뿐이었다.

돌아오지 않을
시절

학교 정문 앞에 택시를 세우자 학생들의 함성이 건물 뒤편에서 들려왔다. 이 추운 겨울날 훈련하는 것은 아마도 교내 미식축구 팀 정도일 것이다. 학교 뒤편의 운동장으로 향하니 라이벌 팀과 친선 경기를 하고 있었다. 매섭던 한파가 한풀 누그러지긴 했어도 덩치가 산만 한 선수들의 뺨은 소녀처럼 발그레했다.

"저기 관객 벤치 좀 봐."

안나가 눈부신 겨울 햇살을 손으로 가리면서 말했다.

할머니 할아버지 이십여 명이 운동장 계단 벤치에 모여 앉아 환호성을 지르며 모교 팀을 응원하고 있었다. 아무리 봐도 선수들의 부모들은 아니었다. 해인은 며칠 전에 보았던 동문회 홈페이지 게시판의 글 하나가 기억났다.

— 여러분께 슬픈 소식을 전해드려야 할 것 같아요. 1964년
도 졸업생인 미란다 골드윈이 간이식 수술을 준비하던 중에
갑자기 세상을 떠났습니다. 사진반 출신인 그녀는 동문회 때
마다 매번 사진 촬영을 전담해서 우리 동문들의 역사를 홈페
이지에 꼼꼼하게 기록해주는 헌신적인 친구였죠. 서른 번째
동문회 집행위원이기도 했는데 함께 하지 못해 너무나 안타
깝습니다. 하지만 1964년도 졸업생들의 모교 방문과 홈커밍
디너는 오는 27일에 예정대로 진행될 것입니다.

생각해보니 그날이 바로 오늘이었다. 두 사람은 운동장 가
를 따라 걷다가 계단 벤치 쪽으로 올라가 가볍게 눈인사를 건
네고 앉았다. 할머니 할아버지 동문 선배들이 오리털 점퍼 오
른쪽 가슴에 이름과 'Class of 1964¹⁹⁶⁴년도 졸업생'라고 쓰인 스티
커를 붙이고 있었다.

해인은 그 전말에 대해 안나에게 귓속말로 이야기해주었다.
안나는 엉덩이가 펑퍼짐한 옆자리 할머니에게 다가가서 스스
럼없이 질문했다.

"안녕하세요, 이 학교 졸업생이신가 봐요."

"맞아요. 이것 봐요. Josephine, Class of 1964."

그녀는 진분홍 립스틱을 바른 입술로 활짝 웃으며 자랑스럽게 스티커를 보여주었다.

"이름이 고풍스럽고 우아하시네요."

해인도 곁에서 인사를 건넸다.

"이런 것도 있다우."

해인의 말에 기분이 좋아진 조세핀은 점퍼의 지퍼를 내리더니 가슴 중간에 'Class of 1964'라고 프린트된 회색 맨투맨 상의를 보여주었다. 참 사이좋은 학년이다.

"그러는 댁들은 어쩌다가 오늘 여기 오게 된 거유?"

조세핀의 푸른 눈동자가 반짝였다.

"네, 여기 제 옆에 있는 친구는 이 고등학교를 졸업했구요, 저는 일 년 남기고 한국으로 돌아가서 졸업은 못했어요."

안나가 말을 할 때마다 입가에서 하얀 김이 동그랗게 모락모락 피어나왔다.

"학교 안엔 들어가봤어요? 우린 이 친선 경기 끝나면 바로 가서 한 바퀴 돌 거라오. 미리 학교에 얘기해서 교실도 둘러보기로 했어요. 겨울방학이라 문이 잠겨 있어서 특별히 관리인에게 부탁해야 했지만. 이따가 조금씩 돈을 모아 팁을 줄 생각이라오. 참, 내 소개를 안 했구먼. 내 이름은 스티브요."

조세핀 옆에 앉아 있던 스티브가 얼굴을 옆으로 내밀며 끼어들어 둘에게 악수를 청했다. 희끗희끗한 콧수염이 어울리는 멋쟁이 할아버지였다.

"그런데 댁들은 어디서 왔소? 뉴욕?"

"아뇨, 저희는 원래 한국 서울에 사는데 뉴욕에 출장을 왔어요. 좀 전에 기차역에 내려서 택시 타고 왔답니다."

"아이고, 이중에서 가장 멀리서 왔구먼. 나만 해도 필라델피아에서 오고 여기 조세핀은 뉴햄프셔에서 왔으니 그만 하면 가까운 거네. 아직 학교 안도 못 둘러봤겠네. 이따가 우리랑 같이 다니면 될 거요. 오늘 당신들 운 좋구먼. 안 그러면 운동장만 보고 그냥 갔을 텐데. 조세핀, 우리가 오늘 이분들 챙깁시다."

"참내, 그 얘긴 이미 내가 다 했수다."

조세핀이 스티브의 볼을 꼬집으며 핀잔을 주었다. 스티브는 복수하듯 조세핀의 왼쪽 뺨에 장난스럽게 키스를 했다.

"우리는 고등학교 때 꽤나 유명했던 캠퍼스 커플이었다오."

스티브가 윙크를 하며 말했다. 어쩌면 동문회라는 것은 과거의 사랑과 재회하게 해주기 위해 존재하는지도 모른다.

안나와 해인은 선배들을 앞세우고 행렬 맨 마지막에 섰다. 칠순에 가까운 나이, 하지만 세월은 모두에게 공평하게 흐르지 않았다. 어떤 이들은 젊은이들 못지않게 활기차게 걸었지만, 어떤 이들의 걸음걸이는 다소 더뎠으며 몇몇은 지팡이의 힘을 빌렸다. 한 사람은 휠체어를 타야 해서 다리가 건강한 다른 동문이 휠체어를 밀어주었다.

스티브는 지병 탓에 걷기가 편치 않은 조세핀을 조심스럽게 부축하면서 보조를 맞춰 천천히 걸었다. 그 뒤에서 해인은 더플코트 호주머니에 손을 집어넣고 안나와 함께 걸었다. 학교 관리인은 그들을 데리고 실내체육관과 과학실, 표본실, 학교역사전시관, 구내식당 그리고 중앙도서관 순으로 돌았다. 복도를 걸을 때마다 삐꺽거리는 나무 소리는 여전했다.

인기척 없는 한겨울의 교실 풍경은 호젓하다 못해 냉기로 가득했지만 해인은 한때 저 자리에 앉아 있었던 자신의 모습이 떠올라 마음 한편이 뜨거워졌다. 그 시절은 결코 다시 돌아올 수 없지만 형체 없는 기억으로 몸 안에 차곡차곡 각인되어 있었다.

관리인이 도서관에서 잠시 쉬자고 하자 대부분의 할머니 할아버지 선배들은 기다렸다는 듯이 의자를 찾아 노곤해진 다리를 쉬었다. 힘이 남아도는 선배들은 서가로 건너가 책을 뒤적였고 조세핀과 스티브는 따로 구석에 자리 잡고 앉아 옛 연인 간의 회포를 풀었다.

바로 앞에 있던 안나가 사라져서 어디 갔나 했더니 그 시절에 자주 찾았던 문학 서가에 쏙 들어가 있었다.

"뭘 찾니?"

"어…… 실비아 플라스의 『벨 자』. 설마 아직 있을까 싶었는데 꽤 깨끗한 상태로 남아 있네. 요즘 애들은 많이 안 읽나 봐. 내가 책 뒤에 아주 작게 한국말로 낙서해놓은 게 있거든. '힘내, 이 바보야'라고. 이거 봐, 여기 아직 희미하게 흔적이 있잖아. 믿기지 않아, 아직 있다는 게. 뭐랄까, 좀 기뻐……."

안나는 눈시울이 촉촉해지면서 230쪽 아래의 낙서를 보여주었다. 해인은 그런 그녀가 너무 예뻐서 품에 꼭 안고 싶었다. 안나는 책을 좀 더 뒤적이다가 골똘히 상념에 잠겼다.

"일 년만 더 여기서 버틸 수 있었다면 난 아마 지금과는 전혀 다른 인생을 살고 있겠지? 엄마가 어느 날 갑자기 짐을 싸라고 했어. 난 어떻게든 버텨서 미국에서 대학을 가고 싶었는데, 그래서 필사적으로 아르바이트도 많이 했는데…… 미국에서나 기회가 있지, 나 같은 애가 한국에서 뭘 할 수 있었겠어. 한국으로 가는 비행기 안에서 눈물이 멈추지 않았어. 내 인생이 다 망한 것 같았거든. 꿈꿔왔던 모든 게 물거품처럼 사라지게 됐으니……. 엄마는 비행기 안에서 내내 날 피하면서 자는 척하더라. 정말 이 여자 때문에 내 인생이 또 이렇게 꼬이는구나, 목이라도 확 조르고 싶었어. 아쉽게도 못했지만. 이러니저러니 해도 엄마니까."

해인은 아무 말 없이 안나의 등을 가볍게 쓸어내렸다.

"그 시린 느낌이 바로 어제 일처럼 생생해. 왜 사람은 자기가 사랑하는 사람에게 상처를 주는 걸까? 사실 그간 일 때문에 뉴욕에 많이 오긴 했지만 학교나 이 마을에 올 엄두는 못 냈어. 몇 번이고 가볼까 하다가 무서워서 포기했지. 해인아, 난 그때 네가 상상하는 것보다 훨씬 더 널 필요로 했던 것 같아."

그 말에 해인은 가슴이 시큰해져서 어렸을 때처럼 여전히 톡 튀어나온 그녀의 이마에 부드럽게 입을 맞췄다.

"나도 그랬어."

안나가 해인의 어깨에 기대어 가만히 숨을 고르자 해인이 나지막이 안나의 귓가에 속삭였다.

"어쩌면 사람들은 가장 사랑하는 사람에게 상처 주는 운명을 떠안고 살아가는지도 몰라."

나의 소녀,
나의 소년

그날 밤 막 열한 시가 넘은 시각이었다. 호텔 프런트에서 전화가 걸려 온 그때, 해인은 당일치기 기차 여행의 노곤함으로 잠이 들려던 찰나였다. 전화를 받고 해인은 몸을 벌떡 일으켜 잠시 침대 맡에 앉아 정신을 가다듬었다.

옷을 갈아입고 일 층 로비로 내려가자 옷을 잔뜩 껴입고 머리를 자연스럽게 풀어 헤친 안나가 멋쩍은 표정으로 로비의 소파 팔걸이 위에 걸터앉아 어그를 신은 두 다리를 흔들고 있었다.

"무슨 일 있어? 이렇게 밤늦게."

해인은 반가운 미소를 짓는다는 게 그만 하품이 새어 나오고 말았다.

"미안. 자다가 내려왔구나. 난 잠이 안 와서 산책도 할 겸

나왔어. 근데 걷다 보니 너희 호텔 앞이더라. 생각보다 가깝
던데?"

겨울밤의 찬바람에 볼이 빨갛게 얼었던 안나는 코트 벨트를
살짝 풀어 그 안에 그대로 입고 나온 파란색 플란넬 잠옷을 보
여주었다. 그 아래로는 아까 신었던 세련된 가죽 롱부츠와는
사뭇 다른, 오동통한 어그가 잠옷을 절묘하게 가려주고 있었
다. 거기다 실제 손보다 훨씬 큰 벙어리장갑을 껴서 한밤중에
기숙사를 탈출한 대책 없는 골칫덩이 여학생 같았다.

"어쨌든 잠 깨워서 미안."

안나는 입을 삐죽 내밀고 손바닥을 비비는 시늉을 했다.

"아냐, 괜찮아."

해인은 안나의 팔을 끌어당겨 나란히 소파에 몸을 기대 앉
았다. 로비에는 프런트의 당직 직원만 자리를 지키고 있어 인
기척 하나 없이 조용했다.

"방으로 올라가서 따뜻한 차라도 마실래?"

해인이 고개를 돌려 안나에게 물었다.

"아니, 괜찮아. 오늘 학교 다녀오고 흥분이 아직 안 가라앉아
서 그런가 봐. 자려고 누웠는데 옛날 생각이 꼬리에 꼬리를 물
고 이어져서 가슴이 울렁거리더라구. 그래서 불쑥 뛰쳐나왔지.
너만 괜찮다면 조금 더 걷고 싶은데…… 같이 갈래?"

두 사람은 호텔 회전문을 열고 밖으로 나왔다. 따뜻한 방에

있다가 나온 해인은 뉴욕 겨울밤의 피부가 아리는 추위를 제대로 느꼈다. 안경에도 금세 김이 서렸다. 셔츠 소매로 닦고 다시 보니 안경 너머 보이는 모든 것들의 윤곽이 너무도 선명해서 손만 뻗으면 저 멀리 있는 건물까지 만질 수 있을 것 같았다.

"춥지? 일기예보 보니까 올해 중 오늘이 가장 추운 날이라더라."

추위 탓인지 호텔 부근은 맨해튼이라고 생각하기 힘들 정도로 한적했다. 길 한쪽에 눈 더미가 높이 쌓여 있었고, 차도 거의 다니지 않는 도로에는 인기척 하나 없이 신호등만 색깔을 바꾸고 있었다. 이따금 술 취한 젊은 남녀들이 스쳐 지나가며 "메리 크리스마스!" 하고 외쳤다.

"자, 가자."

안나는 어그를 신고 뒤뚱뒤뚱 귀여운 오리처럼 경쾌하게 앞장서 걸으며 이따금 벙어리장갑을 낀 손으로 뺨을 감쌌다. 벙어리장갑 사이로 하얀 김이 가느다랗게 피어나왔다.

"나 사실 예전에 서울에서 너 몇 번 본 적 있다?"

갑작스러운 고백에 놀라서 해인은 안나를 쳐다보았다.

"도산공원 후문 쪽에 있는 예술서적 전문 서점에서. 세 번인가? 회사 근처라 나도 자주 들렀거든. 난 널 금세 알아보고 쳐다봤는데 넌 늘 책에 열중해 있더라. 하긴 예전부터 도서관에

서 책 볼 땐 집중하고 있어서 말을 걸어도 몰랐으니까. 처음에
는 너 맞나 갸우뚱하다가, 너 책 보다가 머리 옆으로 꺾는 버릇
있잖아, 그거 보고 확신했지. 너무 반갑고 기뻐서 인사하려고
했는데 그때마다 어떤 여자분이 네 곁에 있더라구. 그냥 하는
말이 아니라 두 사람 정말 잘 어울렸어. 두 사람을 에워싸고 있
는 공기를 뚫고 들어가기 어려울 정도로 둘만의 세계가 확고해
보였달까. 서로에게 완전히 스며들어 있는 것처럼. 그래서 그
냥 멀리서 조용히 지켜보기만 했지. 그 여자분은…… 잘 있어?"

"글쎄, 지금은 같이 안 지내. 정확히 말하면 그녀가 나를 떠
났다고 해야 하나."

"……왜 떠났는지 넌, 알아?"

길가에 있는 작은 이탈리아 레스토랑의 하얗게 얼어붙은 창
가 너머로 크리스마스트리 전구가 빨강, 파랑, 초록, 노랑으로
반짝반짝 빛나고 있었다. 해인과 안나는 잠시 발걸음을 멈춰 트
리가 내뿜는 영롱한 아름다움을 창 너머로 구경했다.

"잘 설명하긴 힘들지만, 내가 그녀를 외롭게 한 것 같아."

안나가 해인의 팔짱을 끼더니 다시 힘차게 걸음을 옮겼다.

"응, 나 듣고 있어."

두 사람은 이미 호텔에서 세 블록을 지나 걷고 있었다.

"아무리 사랑하는 사이라 해도 구속해선 안 된다고 생각했
어. 자유롭게 해줘야 한다고……. 그런데 생각해보니까 그건 나

를 보호하기 위한 변명이더라. 난 언제라도 그녀가 떠나버릴까 봐 두려웠던 거야. 상처 받지 않으려고 미리 준비하는 겁쟁이, 내가 상처 받을 것만 신경 쓰는 이기주의자였어."

안나는 투명한 눈망울로 해인을 가만히 쳐다보았다.

"그 여자분이 정말 네 인생에서 영영 사라져버리면 못 견딜 것 같아?"

"모르겠어. 그렇겠지. 그러면서도 석 달째 난 지금 그녀 없이도 평소대로 잘 살고 있어. 표면적으로는."

"표면적으로……. 넌 어쩜 그렇게 네 얘기를 남의 이야기하듯 하니?"

안나가 피식 웃었다.

"어쩌면 어머니와 여동생을 잃어버린 경험과 연관이 있을지도 몰라. 못 견딜 것 같으면서도 또 아무렇지 않게 나 자신을 속이면서 견딜 수 있을 것 같은, 그런 끔찍한 내면의 훈련."

"그 여자분은 해인, 너를 진심으로 사랑한다고 생각해?"

안나는 차분한 어조로 되물었고 해인은 잠시 간격을 두고 고개를 끄덕였다.

"그럼, 됐어. 네가 그렇게 생각하면 그걸로 된 거야."

안나는 빙긋 웃으며 팔짱을 긴 채로 해인의 어깨에 머리를 기댔다.

"있잖아, 그 사람을 정말로 사랑하니까 의도치 않게 마음을 아프게 하고 상처를 주는 걸 거야. 상대에게 사랑이 남아 있다면 여자들은 언젠가는 다 이해하고 돌아올 거라 생각해. 하지만 지금은 나랑 이렇게 손 꼭 잡고 조금만 더 걷자. 저쪽에서 좌회전하면 밤늦게까지 하는 작은 카페 있더라. 거기서 따뜻한 코코아 마시자. 엄청 단 걸로!"

*

　밤중 산보를 마치고 다시 해인의 호텔 앞에 도착하자 두 사람은 추위에 발을 동동 구르며 어떻게 작별 인사를 해야 할지 몰라 말없이 서로를 쳐다보고만 있었다.
　"그럼, 나 간다."
　안나는 잠시 서성이다 벙어리장갑 낀 손을 아기 곰처럼 수줍게 흔들며 발걸음을 돌렸다.
　"안나! 내가 데려다 줄게."
　해인이 안나를 뒤따라갔다.
　"바보야, 괜찮아. 나 예전의 그 고등학생 아니야."
　안나는 싫지 않은 기색이었다. 해인은 묵묵히 앞만 보고 걷다가 갑자기 입을 열었다.
　"우리…… 다시 만날 수 있겠지?"
　안나는 멈춰 서서 한참을 가만히 있었다. 그러고는 단호하게 고개를 좌우로 흔들었다.

"그럴 필요 있을까? 난 오늘 우리가 나눈 시간만으로도 넘치도록 행복했어. 이렇게 하늘에서 내려준 우연을 감사하게 받아들이기만 하자. 그 이상은 욕심 부리는 거야. 이미 우리에겐 기적이 한 번 일어난 거야."

해인은 당장에라도 그 마지막을 마주해야 하는 듯 상실감을 느끼며 안나의 허리를 숨 막히도록 꽉 껴안았다.

"하지만……"

해인의 품에 안긴 안나가 말끝을 흐리며 잠시 머뭇거렸다.

"나 조금 솔직해져도 돼? 이렇게 우연히 다시 만났으니까 오늘 하루가 다할 때까지 가능한 한 오래 같이 있고 싶어. 그러니까 나…… 오늘 네 방에서 자고 가도 될까? 걱정 마. 아무 짓도 안 할 테니까. 나 믿지?"

수줍어하는 그녀가 귀여워서 해인은 두 손으로 가만히 그녀의 얼어붙은 귓불을 만지작거리며 톡 튀어나온 이마에 천천히 입을 맞추었다.

*

안나는 코트를 벗고 잠옷 차림 그대로 킹사이즈 침대의 하얀색 이불과 시트 사이로 파고들었다.

"미안해, 네 침대 뺏어서. 그리고 나 피곤하면 미친 듯이 코 골아. 각오해."

해인은 방의 불을 모두 끄고 소파 위에 깔아둔 담요 안으로 비집고 들어갔다.

"해인아, 너 안 추워?"

"괜찮아. 나 추위 잘 안 타니까."

해인은 조금 칼칼한 목소리로 대답했다.

그는 안나가 이야기를 더 나누고 싶어 한다는 것을 어둠 속에서도 감지했다. 조용히 눈을 감고 그녀의 말을 기다렸다. 얼마간의 침묵 후 침 삼키는 소리가 들렸다.

"해인아, 자? 내 얘기 좀 더 해도 될까?"

"그럼, 물론이지. 듣고 싶어."

"내 연애 얘기도? 아무 선입견 없이?"

"응, 아무런 선입견 없이."

"나…… 광고 회사 다닐 때 회사에서 한 남자를 만났어. 그 사람은 한참 선배였고 난 그저 아무것도 모르는 신입이었는데……. 그런 객관적인 조건을 다 떠나서 우린 서로 마음 깊은 곳에서부터 같은 종류의 사람이란 걸 한눈에 알아봤어. 여러 가지 제약이 있었지만 전혀 의식하지 못할 만큼."

"가정을 가진 사람……?"

"……맞아."

안나는 담담하게 수긍했다.

"우습지만 그 사람을 만나면서 처음으로 엄마의 마음이 이해됐어. 옳고 그른 것, 도덕적 판단 같은 걸 다 떠나서 말이야. 바보가 아니잖아. 끝이 빤히 보이는 관계인데 누가 제정신으로 그런 선택을 하겠어. 그런데도 아무런 조건 없이 한 사람을 그렇게 깊이 좋아할 수 있다는 거, 그건 이 세상에서 가장 자연스럽고 이치에 맞는 일처럼 느껴졌어. 그토록 서로에게 육체와 정신이 속해 있다는 느낌은 평생 가질 수 없을 것 같았어."

해인은 보이든 말든 어둠 속에서 안나를 향해 고개를 끄덕였다.

"하지만 난 그 사랑을 포기했어. 얼마 전에 내가 먼저 끝내자고 해놓고 바보처럼 아직 못 잊고 있지만……. 엄마가 여러 가지 의미에서 얼마나 대단한 여자인지 그제야 알게 됐어."

해인은 소파에서 일어나 커튼을 조금 열었다. 잠 못 이루는 도시의 눈부신 불빛이 방 안으로 스며 들어왔다.

"너는 네가 생각하는 것보다 훨씬 강하고 자기감정에 정직한 여자야. 네가 어떤 결단을 내리든 난 존중해. 그 사람을 아무 조건 없이 사랑했던 것도, 이젠 그 마음을 접겠다는 결정도……. 내가 봤던 열일곱 살의 너도 충분히 속이 깊고 성숙했지만, 그 이후로도 네 안의 많은 것들을 차근차근 소화하며 여기까지 걸어왔을 테니까."

"고마워, 그렇게 말해줘서."

안나는 하얀 거위털 이불을 턱 밑까지 끌어올렸다.

"나를 마음대로 판단하지 않아줘서 고마워. 정말……."

"누구를 사랑하는 데 잘못이라는 게 있을 순 없잖아."

안나는 팔베개를 하고 누워서 풀밭 위의 요정처럼 평화로운 미소를 지으며 천장을 바라보고 있었다. 그러다가 불현듯 〈스트로베리 필즈 포에버〉의 한 구절을 나지막이 불렀다.

Let me take you down,

'cause I'm going to Strawberry Fields.

Nothing is real and nothing to get hungabout.

Strawberry Fields Forever.

당신을 데려가고 싶어요,

난 스트로베리 필즈로 갈 거니까요.

그곳에 현실은 없어요, 마음에 걸리는 것 또한 없죠.

스트로베리 필즈여 영원히.

"기억나?"

안나의 목소리가 가느다랗게 떨렸다.

"그럼, 당연하지."

215

마음의 갈증이 해소된 것처럼 그녀는 얕은 한숨을 내쉬었다.

"슬프고도 아름다운 시절이었어."

"그래."

"대부분의 시간들이 견디기 힘들 정도로 외로웠어. 인생 전체에 외로움의 총량이 있다면 칠 할은 그 이 년 동안 다 겪은 것 같아."

"몰랐어, 그 정도였는지는."

"네 앞에선 티를 안 냈지. 너와 함께한 일 년은 외롭지 않았으니까."

뜨겁고도 쓸쓸한 감정이 울컥 밀려왔다. 해인은 소파에서 몸을 일으켜 안나가 누워 있는 침대로 다가갔다. 안나는 자신에게 다가오는 해인의 실루엣을 계속 쳐다보고 있었다.

해인이 안나의 이마에 자신의 이마를 맞대며 들릴락 말락한 목소리로 낮게 속삭였다.

"널 안고 싶어."

눈가가 촉촉해진 안나가 작은 새처럼 고개를 끄덕였다.

시트 속으로 들어간 해인은 안나를 비스듬히 옆으로 안고 그녀의 정수리에 입을 맞췄다. 열일곱 살의 그녀가 다시 품 안으로 들어왔다.

"따뜻하고 기분 좋아."

안나가 만족스러운 고양이처럼 그르렁거렸다. 그러기를 한참, 안나는 해인 쪽으로 몸을 돌리더니 그의 겨드랑이 사이로 팔을 집어넣고 가슴에 머리를 기대며 그의 심장 고동 소리를 유심히 들었다.

"해인아."

"응."

"나도 너를 안고 싶었어."

안나의 부드러운 호흡이 해인의 볼에 닿았다. 그는 그녀의 입술을 찾아 완전히 자기 것으로 봉인했다. 안나의 몸이 서서히 녹아내리며 열렸지만 해인은 여전히 깨지기 쉬운 예민한 열일곱 소녀처럼 그녀를 조심조심 만졌다.

나의 소녀.

나의 소년.

해인은 소녀의 솜털 하나하나를 찬찬히 어루만지고 함께 호흡하고 손가락 끝으로 느꼈다. 하얀 침대 시트의 바스락거리는 소리와 함께 커튼 사이의 야경 불빛만이 어른거렸다. 세상의 시간이 멈추고 안나와 해인은 마치 처음 사랑을 나누는 연인처럼 긴장과 엄숙함 속에서 그 모든 몸짓을 하나도 놓치지 않으려는 듯 서로의 움직임을 노골적으로 지켜보았다.

해인은 안나의 귓불과 눈덩이에 입을 맞춘 뒤, 옆으로 마주 보고 껴안은 채로 그녀의 몸 안으로 천천히 들어갔다. 완전히 한 몸이 되었다는 것을 서로의 눈빛으로 확인하자 안나는 두 팔을 해인의 목 뒤로 감고 손으로 그의 머리카락을 움켜쥐었다. 그리고 얼굴을 그의 목덜미에 파묻으며 한 치의 틈도 없이 온몸을 밀착시켰다.

해인은 두 팔로 장미 한 송이의 타투가 새겨진 안나의 탄탄한 엉덩이를 움켜쥐었다. 온몸을 남김없이 함께 녹여낸 안도감 속에서 둘은 천천히 넘실대는 파도에 몸을 맡겼다. 나른하고 감각적인 평화가 두 사람을 에워쌌다.

두 사람을 태운 배가 서서히 등대의 불빛 앞으로 다가서자 해인은 힘차게 노를 젓기 시작했고 안나는 함께 호흡을 맞춰 몸을 움직였다. 마지막까지 잘 잡고 있으라며 그는 그녀의 귀에 입술을 댄 채 거친 호흡을 몰아쉬었고 기어이 목적지에 정박한 두 사람은 아무도 없는 고요 속에서 둘 만의 조용한 첫 절정을 느꼈다.

나의 여자.

나의 남자.

고마워, 다시 내게 와줘서.

자화상

느티나무가 울창한 학교는 입구에서 보면 개인 소유의 숲이나 공원처럼 보였다. 정문에서 한참 언덕을 넘어 올라가야 삼 층짜리 건물 네 채가 보였다. 오렌지색 스쿨버스는 줄을 지어 차도를 올라가고 양옆의 정원에는 봄을 준비하는 조경사들의 손놀림이 분주했다.

봄 학기가 시작되어도 날은 여전히 송곳처럼 시렸다.

하얀색 페인트가 군데군데 덧칠된 벽에는 학생들이 그린 수채 풍경화가 집게로 간격 맞춰 노끈에 매달려 있었다. 미술실 중앙에는 십여 명의 학생이 둘러앉아 작업할 수 있는 직사각형 나무 테이블이 두 개 놓여 있었다. 의자는 해인이 직접 고물

상 주인을 통해서 지금은 폐교된 초등학교에서 쓰던 여러 모양의 나무 의자를 수거해 와서 썼다. 학생들이 직접 저마다 자유롭게 색칠을 해서 생김새도 모두 제각각이었다. 피부색도, 머리카락 색도, 키나 몸무게도 모두 다른 이곳 국제학교 학생들의 모습처럼.

"굿모닝, 선생님."

해인은 팔꿈치까지 걷은 남색 모직 스웨터와 연갈색 코듀로이 바지 차림으로 미술실 문 앞에 기대서서 하나둘 들어오는 학생들과 인사를 나누었다. 새 학기 들어 두 번째 수업이었고 오늘의 주제는 '자화상'이었다.

"자화상을 잘 그린다는 건 뭘까? 실제보다 더 잘생기게 그리거나 못생기게 그리는 건 중요한 문제가 아니야. 어차피 얼굴 부위를 하나하나 떼서 보면 누구나 잘생긴 부분과 못생긴 부분이 공존하거든. 우리가 아름답다고 느끼는 얼굴도 대개 사회적 인습으로 만들어지고, 심지어는 인종차별적인 시각도 작용하지. 그래서 내가 말하고 싶은 건 이거야. 첫째, 내가 나를 그릴 때는 아름답거나 추한 것을 신경 쓰지 말 것. 둘째, 나를 남들과 다른 존재로 인식할 것. 말하자면 자화상의 진짜 의미는 내가 나를 관찰하는 것, 그리고 내가 나를 얼마나 알고, 또 받아들이는지를 들여다보는 거야."

아이들은 지난주에 일러준 대로 준비해 온 사진 두 장과 손

거울을 테이블 위에 주섬주섬 올려놓았다. 해인은 테이블 사이로 걸어 다니면서 아이들이 가지고 온 사진들을 둘러보고 그림을 그리기에 앞서 몇 가지 방법을 알려주었다.

아이들은 4B 연필을 두 손가락 사이에 부여잡고 자기 사진을 노려보며 주저하면서 윤곽을 잡아나가기 시작했다. 해인은 천천히 학생들 사이를 돌다가 멈춰서 조언을 하거나 그림을 수정하는 것을 도와주었다. 연필이 뭉뚝해지면 연필깎이로 바로 깎아서 건네주기도 했다.

애써 그린 그림을 지우개로 고스란히 지우는 소리, 원하는 대로 손이 안 움직여서 조용히 내뱉는 한숨 소리, 작은 빗자루로 지우개 가루를 삭삭 훔치는 소리가 클래식 FM에서 흘러나오는 바흐와 어우러져 미술실을 가득 채웠다.

일 층 복도 맨 끝에 자리한 미술실은 강당 창고를 개조해 일반 교실보다 천장도 높고 면적도 컸다. 지리학적 여건상 이곳은 여러 선생님들의 도피처 역할을 했는데 체육을 가르치는 패터슨 선생은 갈색 곱슬머리를 쥐어뜯으며 무용을 전공하는 한국인 대학원생 여자친구와 문자메시지로 지리한 사랑의 언쟁을 벌였다. 화학 과목의 빨강머리 로울리 선생은 생리일 전후만 되면 자기는 아무래도 선생이라는 직업에 맞지 않는 것 같다며 지금이라도 고국에 돌아가 배우가 되고 싶다고 하소연했다.

한국어와 한국사를 가르치는 최민석 선생도 자주 찾아와 돈으로 어떻게든 유학의 방편을 찾으려는 한국 부모들을 보며 개탄했다. 백 킬로그램이 넘는 거구의 호프만 교장 선생님은 왁스로 닦인 나무 바닥을 쿵쾅거리며 걸어 들어와 결혼기념일에 선물하기 위해 아내의 초상화를 그렸다.

방과 후엔 미술 클럽 활동을 하는 학생들이 와서 각자의 자리에 앉아 자신이 하던 작업을 계속해나갔다. 그들은 함께 각자, 다 같이 홀로 지내는 사람들이었다. 그들이 그림 그리는 모습을 볼 때마다 해인은 혼자서도 잘 노는 외톨이들이 몰려들던 미국 고등학교의 미술실 정경을 떠올렸다.

뉴욕에서 돌아오자마자 뭔가에 사로잡힌 듯 해인은 사물함에 처박아두었던 미술용품을 다 꺼냈다. 붓들은 뻣뻣해지고 물감도 굳어 쓸 수 없을 지경이었다. 이제는 그림을 가르치는 것에서 그치지 않고 학생들과 나란히 이젤을 놓고 자신의 그림을 그리고 싶었다.

얼마 만에 그리는 그림인지 몰랐다. 그저 그리고 싶다는 순수한 마음을 품은 게 언제인지 가물가물했다. 처음 그림을 그렸을 때 느꼈던 먼 과거의 설렘처럼 가슴이 다시금 두근거렸다. 저 문틈으로 언제라도 눈동자가 까만 소녀가 얼굴을 들이밀 것만 같았다.

사랑은 늘
거기 있었다

자동잠금장치의 비밀번호를 누르자 찰칵하고 경쾌한 소리가 났다. 비상등이 망가져 어두컴컴한 현관에서 발끝에 이질적인 물건이 느껴졌다. 여자 구두였다.

저 멀리 거실의 은은한 간접 조명 아래 유진이 갈색 소파에 잠들어 있는 모습이 보였다. 그녀의 배 위에는 읽다 만 책이 떨어지려 하고 있었다. 창밖으로 석양이 지면서 베란다 앞 티크 원목 테이블에 기나긴 그림자가 드리웠다.

현관문이 덜컥거리는 소리에 유진이 눈을 떴다.

"어서 와. 오늘은 좀 늦었네."

그날 아침에 본 사람처럼 눈을 게슴츠레 뜨며 그녀가 부드럽게 말을 걸었다.

귀밑으로 짧게 잘랐던 머리가 이제 어깨 바로 위에서 찰랑거렸다. 사라졌다 다시 나타날 때면 그녀의 머리 스타일은 늘 바뀌어 있었다. 두꺼운 털실로 짠 검은색 카디건에 즐겨 입던 유화물감 자국이 잔뜩 묻은 바랜 청바지 차림, 가늘고 흰 목에는 여전히 해인이 베니스에서 사준 빈티지 카메오 목걸이가 반짝였다.

해인은 현관에 가방과 코트를 벗어놓고 거실 소파에 누운 유진의 품 안으로 파고들었다. 해인은 유진의 심장 소리를 가만히 듣다가 몸을 일으켜 그녀의 얼굴을 두 손으로 감싸고 거칠게 키스를 퍼부었다.

마침내 입술을 놔주자 유진은 해인의 머리카락 사이로 손가락을 집어넣고 흥분을 다독이며 청아한 눈빛으로 그의 얼굴을 빤히 바라보았다.

"그사이 무슨 일 있었어?"

"……."

유진은 마치 다 알고 있다는 듯이 미소 지으며 해인을 일으켜 세워 그를 두 팔로 감싸 안았다.

라디오 일기예보에서 예고한 대로 봄비가 부슬부슬 내리기 시작했다. 베란다 입구 천장에 매달아놓은 풍경이 서늘한 바람에 흔들리며 아련한 종소리가 온 집 안에 울려 퍼졌다.

해인의 눈에선 어느덧 눈물이 흘러내렸다. 그녀를 있는 힘껏 껴안아도 눈물이 멈추지 않았다.

사람처럼
매력적이고 경이로운 대상은 없다

사람들이 겉으로는 잘 드러내지 않는 어두운 내면에 항상 본능적으로 끌렸다. 복잡하고 잔인해지는 친구, 예민하고 힘든 남자, 그들이 주는 상처에 아파해도 멀어지지 못했고 도리어 곁에 머물며 열정을 품었다. '그 사람만의 지옥'이라는 것에 끊임없이 매료되었던 것 같다.

시간이 흘러 조금은 성숙해지면서 대부분의 사람들이 자신만의 지옥을 내면에 품고 살아간다는 것을 알게 되었다. 그중 나를 사로잡은 것은 불평 없이 자신에게 주어진 운명과 고독을 삼키며 혼자 묵묵히 걸어가는 사람들이었다. 나는 그들의 이야기를 해석하거나 판단하지 않고 그저 이야기의 형태로 그려내고 싶었다.

인간은 어쩌면 이토록 약하고 강할까.
인간은 어쩌면 이토록 이기적이면서도, 뒤도 돌아보지 않고 자신을 내던질까.
인간은 어쩌면 이토록 외로운 존재임에도 절로 사랑하는 법을 터득할까.
사랑은 어쩌면 이토록 슬픈 것일까.

인간의 사랑이라는 것, 소설을 쓰면서 참 불가사의했다. 깍지 낀 듯 서로를 애틋하게 필요로 하는 주인공들의 관계는 '사랑'이라는 평범한 단어를 초월해 가장 아름답게 빛났다. 반면 가장 사랑하는 사람에게 깊이 상처 받은 후, 의도치 않게 그 상처로 내가 사랑하는 다른 사람을 더 아프게 했다. 그럼에도 마침내는 서툴고 불완전한 서로를 용서하고 감싼다. 이 소설을 쓰면서 사랑은 본질적으로 슬프다는 깨달음을 얻었는데도 나는 그것이 하나도 슬프지가 않았다.

다른 소설에 실린 '작가의 말'을 읽어보면 그 작품을 쓰느라 얼마나 힘들었는지에 대한 이야기가 문학적 은유법으로 다양하게 펼쳐지는데, 난 불행히도 생색을 내고 싶어도 작년 가을부터 올 여름까지 이 소설을 쓰면서 보낸 시간들이 선택적 기억상실증처럼 무엇 하나 기억나지 않는다.

수차례 수정을 거듭할 때마다 종이책 모양으로 제본을 해놓았는데, 지금은 다시 들쳐보기 두려운, 내 책상머리에서 이리저리 치이는 그 씩씩거리는 종이 더미만이 내가 그간 한 걸음씩 걸어왔구나, 하는 확실한 물증으로 남아 있을 뿐이다.

그러고 보니 심증 같은 것도 하나 있다. 지금은 뭐가 뭔지 모르겠지만 분명 이 소설을 써냄으로써 어떤 변화가 내 몸 구석구석에 각인되었으리라는 막연한 감촉을 느낀다. 그 변화의 이름은 아마도 '자유로움'일 거라 나는 믿고 있다.

어쨌거나 나는 내가 쓴 이야기가 진심으로 좋다.
소설을 쓰는 일에서 이게 다는 아니겠지만
이것만큼 중요한 것은 없다고 생각하기에,
솔직히 나는 지금 좀 기쁘다.

2014년 가을
임경선

임경선

소설 『호텔 이야기』, 『가만히 부르는 이름』, 『곁에 남아 있는 사람』, 『나의 남자』, 『기억해줘』, 『어
떤 날 그녀들이』, 산문 『평범한 결혼생활』, 『여자로 살아가는 우리들에게』(공저), 『다정한 구원』,
『태도에 관하여』, 『교토에 다녀왔습니다』, 『어디까지나 개인적인』, 『나라는 여자』, 『엄마와 연애
할 때』 등을 썼다.
인스타그램 @kyoungsun_lim

기억해줘

초판 1쇄 발행 2014년 10월 20일   초판 13쇄 발행 2023년 1월 17일

지은이 임경선
펴낸이 이승현

기획팀 오유미

펴낸곳 ㈜위즈덤하우스 출판등록 2000년 5월 23일 제13-1071호
주소 서울특별시 마포구 양화로 19 합정오피스빌딩 17층
전화 02) 2179-5600 홈페이지 www.wisdomhouse.co.kr

ISBN 978-89-5913-834-0 03810